前書き

日本人向けに開発された中国語自習教材です。初級の内容から学習いただけます。

■発音編：注音符号とピンインから学習いただけます。

37 種類の注音符号と「声母」→「介音」→「韻母」を学習し、声調符号（四声）を合わせて中国語の発音を練習できます。注音符号を書き込むスタイルのエクササイズが用意されているので、定着させながら覚えることができます。

■会話・文法編：全 22 課、各課は「会話」「単語」「関連単語」「文法説明」から構成されています。

「はじめまして、どうぞよろしくお願いします」から始まり、日常生活で最もよく使われる 22 場面の会話を収録いたしました。「会話」の部分では、対話はできるだけ短くわかりやすくしてあります。文法部分は赤くマークし、「文法説明」の部分で確認できます。「単語」では、会話に出てくる単語以外に、「関連語」もご確認いただけます。

MP3 音声はこちらから
ダウンロードできます。

目次

注音符号とピンイン　002

01　はじめまして、どうぞよろしくお願いします　019

02　あれは 私 の荷物です。　030

03　部屋は何階にありますか？　038

04　中正紀念堂　056

05　今日は何かスケジュールがありますか？　082

06　電話をかける　095

07　あなたはどこに行きたいですか？　105

08　郵便局に行く　122

09　訪問　134

10　家族　140

11　病院　150

12　郊外を散歩する　　161
こうがい さんぽ

13　レストラン　　169

14　デパート　　177

15　買い物をする（物を買う）　　188
か もの もの か

16　映画を見る　　198
えいが み

17　散髪する　　211
さんぱつ

18　友達に（ばったり）会う　　220
ともだち あ

19　天気　　232
てんき

20　中国語を学ぶ　　244
ちゅうごくご まな

21　市場　　255
いちば

22　飲み物を注文する　　262
の もの ちゅうもん

注音符号とピンイン

1 注音符号 / ピンイン対照表

音声ダウンロード

🎵 00-1

声母						介音	韻母			
ㄅ	ㄉ	ㄍ	ㄐ	ㄓ	ㄗ	ㄧ	ㄚ	ㄞ	ㄢ	ㄦ
b	d	g	j	zh	z	i	a	ai	an	er
ㄆ	ㄊ	ㄎ	ㄑ	ㄔ	ㄘ	ㄨ	ㄛ	ㄟ	ㄣ	
p	t	k	q	ch	c	u	o	ei	en	
ㄇ	ㄋ	ㄏ	ㄒ	ㄕ	ㄙ	ㄩ	ㄜ	ㄠ	ㄤ	
m	n	h	x	sh	s	ü	e	ao	ang	
ㄈ	ㄌ			ㄖ			ㄝ	ㄡ	ㄥ	
f	l			r			ê	ou	eng	
唇音	舌尖中音	舌根音	舌面前音	捲舌音	平舌音	介音	単韻母	複韻母	鼻韻母	捲舌韻母

2 声調（四声）

中国語には四声（一声、二声、三声、四声）および軽声がある。

③ ピンインの排列順序

注音符号とピンインは、「**声母→介音→韻母**」の順で表記される。

④ 声調符号の表記方法

注音符号の二声、三声、四声は右側に、軽声は上に表記し、一声は表記しない。

ピンインは音節の主要母音の上に表記し、軽声は表記しない。

順序	一声	二声	三声	四声	軽声
注音符号	表記なし	／	∨	＼	・
漢語ピンイン	－	／	∨	＼	表記なし

⑤ 注音符号とピンインの表記方法　🎧00-2

一声	二声	三声	四声	軽声
媽 ㄇㄚ	麻 ㄇㄚˊ	馬 ㄇㄚˇ	罵 ㄇㄚˋ	嗎 ㄇㄚ˙
mā	má	mǎ	mà	ma

6 ピインの練習

♪ 00-3

爸ㄅ 爸ㄅ
ㄚ　　ㄚ
bà　ba
ちちおや
父親

b

ㄅ					

蘋ㄆ 果ㄍ
　ㄥ　ㄨㄛ
píng　guǒ
りんご

p

ㄆ					

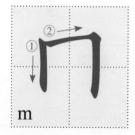

媽ㄇ 媽ㄇ
ㄚ　　ㄚ
mā　ma
ははおや
母親

m

ㄇ					

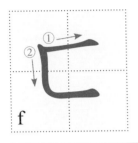

番茄
ㄈㄢ ㄑㄧㄝˊ
fān qié

トマト

f

ㄈ

弟弟
ㄉㄧˋ ㄉㄧ
dì di

おとうと
弟

d

ㄉ

兔子
ㄊㄨˋ ㄗ
tù zi

うさぎ

t

ㄊ

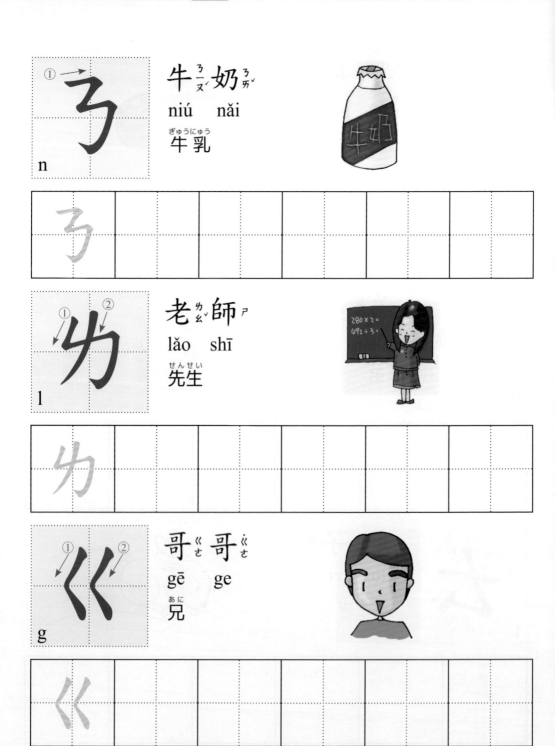

① →
ㄋ
n

牛 ㄋㄧㄡˊ 奶 ㄋㄞˇ
niú　nǎi
ぎゅうにゅう
牛 乳

① ②
ㄌ
l

老 ㄌㄠˇ 師 ㄕ
lǎo　shī
せんせい
先生

280×2=
492÷3=

① ②
ㄍ
g

哥 ㄍㄜ 哥 ㄍㄜ
gē　ge
あに
兄

k

咖^{ㄎㄚ}啡^{ㄈㄟ}

kā fēi

コーヒー

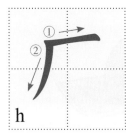

h

河^{ㄏㄜˊ}馬^{ㄇㄚˇ}

hé mǎ

カバ

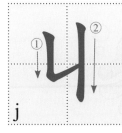

j

剪^{ㄐㄧㄢˇ}刀^{ㄉㄠ}

jiǎn dāo

はさみ

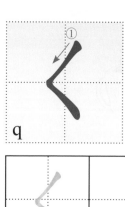

q

汽〔ㄑ〕車〔ㄔㄜ〕
qì chē
自動車

く

x

西〔ㄒㄧ〕瓜〔ㄍㄨㄚ〕
xī guā
すいか

丁

zh

章〔ㄓㄤ〕魚〔ㄩˊ〕
zhāng yú
たこ

坐

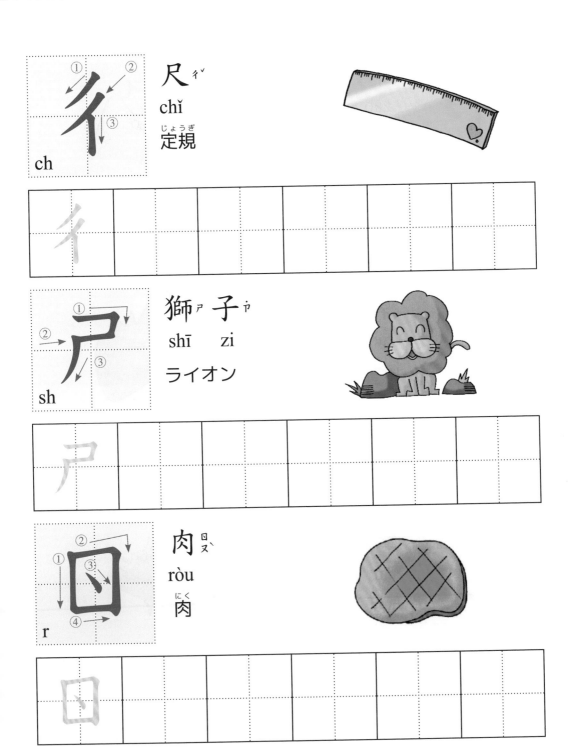

尺 ㄔˇ
chǐ
定規 (じょうぎ)

ch

彳 ① ② ③

獅 ㄕ 子 ㄗˇ
shī zi
ライオン

sh

尸 ① ② ③

肉 ㄖ ㄡˋ
ròu
肉 (にく)

r

口 ① ② ③ ④

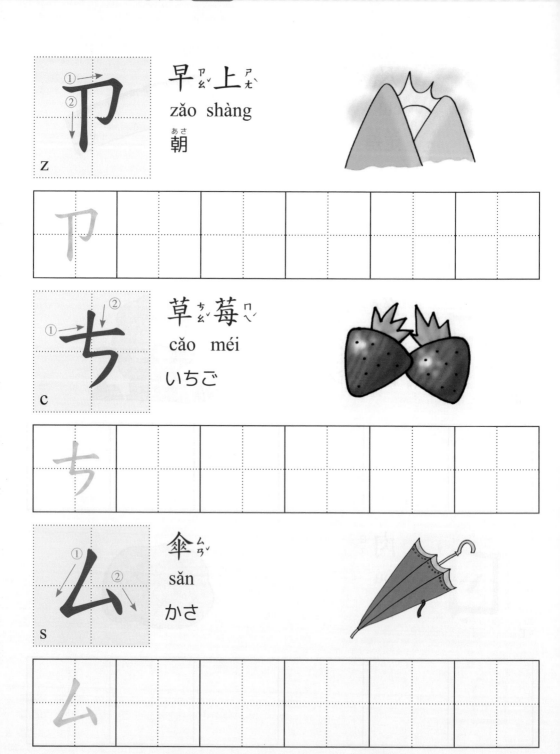

① ②

ㄗ
z

早ㄗㄠˇ 上ㄕㄤˋ
zǎo shàng
朝(あさ)

ㄗ

① ②

ㄘ
c

草ㄘㄠˇ 莓ㄇㄟˊ
cǎo méi
いちご

ㄘ

① ②

ㄙ
s

傘ㄙㄢˇ
sǎn
かさ

ㄙ

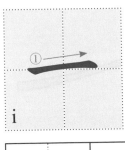

衣 ー 服 ㄈ
ㄨˊ

yī　　fú

服

i

龍 ㄌ
ㄨˊ
ㄥ

lóng

龍

u

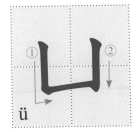

魚 ㄩˊ

yú

魚

ü

13

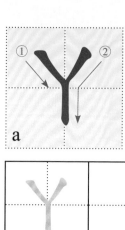

牙ㄧㄚˊ刷ㄕㄨㄚ
yá shuā
歯ブラシ

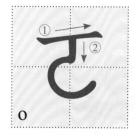

火ㄏㄨㄛˇ柴ㄔㄞˊ
huǒ chái
マッチ

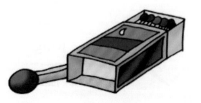

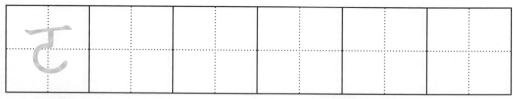

熱ㄖㄜˋ
rè
熱い、暑い

椰子
yé zi
ヤシ

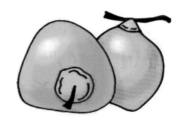

ê

ㄝ

麥克風
mài kè fēng
マイク

ai

ㄞ

杯子
bēi zi
コップ

ei

ㄟ

ao

餃_{ㄐㄧㄠˇ}子_ˇ
jiǎo　zi
ぎょうざ

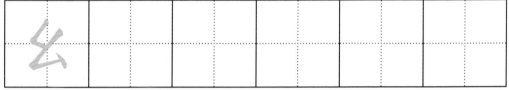

ou

壽_{ㄕㄡˋ}司_ㄙ
shòu　sī
寿司

an

安_ㄢ全_{ㄑㄩㄢˊ}帽_{ㄇㄠˋ}
ān　quán　mào
ヘルメット

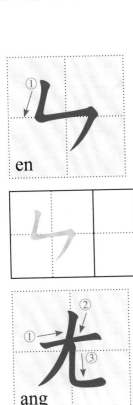

ㄙ
en

信ㄒㄧㄣ 封ㄈㄥ
xìn　fēng
封筒ふうとう

ㄤ
ang

鋼ㄍㄤ 琴ㄑㄧㄣ
gāng　qín
ピアノ

ㄥ
eng

風ㄈㄥ 箏ㄓㄥ
fēng zhēng
たこ

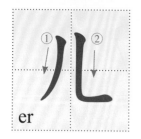

儿
er

耳ㄦˇ 朵ㄉㄨㄛ
ěr duo
耳みみ

儿						

第01課

初ㄔㄨ 次ㄘ 見ㄐㄧㄢ 面ㄇㄧㄢ，請ㄑㄧㄥ 多ㄉㄨㄛ 多ㄉㄨㄛ 指ㄓ 教ㄐㄧㄠ

chū cì jiàn miàn qǐng dūo dūo zhǐ jiào

はじめまして、どうぞよろしくお願いします

会話

🎵 01-1

24ページの文法説明を参照してください。

妳ㄋㄧ[1] 是ㄕ 陳ㄔㄣ 美ㄇㄟ 玲ㄌㄧㄥ[2] 小ㄒㄧㄠ 姐ㄐㄧㄝ 嗎ㄇㄚ？ nǐ shì chén měi líng xiǎo jiě ma	あなたは陳美玲さんですか？
是ㄕ。我ㄨㄛ 是ㄕ 美ㄇㄟ 玲ㄌㄧㄥ[3]。 shì wǒ shì měi líng	はい。私は美玲です。
她ㄊㄚ 是ㄕ 誰ㄕㄟ？ tā shì shéi	彼女は誰ですか？
她ㄊㄚ 是ㄕ 我ㄨㄛ 朋ㄆㄥ 友ㄧㄡ。 tā shì wǒ péng yǒu	彼女は私の友達です。

他也[4]是你朋友嗎[5]？ tā yě shì nǐ péng yǒu ma	彼もあなたの友達ですか？
不是，他是我先生。 bú shì tā shì wǒ xiān shēng	いいえ、彼は私の主人です。
我先生是小學老師。 wǒ xiān shēng shì xiǎo xué lǎo shī	主人は小学校の教師です。
你們好[6]。很高興[7]認識 nǐ men hǎo hěn gāo xìng rèn shi 你們。 nǐ men	みなさんこんにちは。お会いできて（知り合いになれて）嬉しいです。
我姓王[8]。請多多指教。 wǒ xìng wáng qǐng dūo dūo zhǐ jiào	私は王です。どうぞよろしくお願いします。
歡迎你們。 huān yíng nǐ men	みなさん、ようこそ。

単語

初次 chū cì	初回、 第一回、最初	見（面） jiàn (miàn)	会う
妳 nǐ	貴女	你 nǐ	貴方
她 tā	彼女	他 tā	彼
我 wǒ	私	是 shì	です、はい
不是 bú shì	〜ではない、 いいえ	陳（姓氏） chén (xìng shì)	陳（苗字）
王（姓氏） wáng (xìng shì)	王（苗字）	美玲 měi líng （女子名） (nǚ zǐ míng)	美玲 （女性の名前）
小姐 xiǎo jiě	〜さん（若い 女性に対する 敬称）	朋友 péng yǒu	友達

21

也 yě	～もまた	嗎 ma（疑問助詞）(yí wèn zhù cí)	ですか（疑問助詞）
先生 ／ xiān shēng / 丈夫 zhàng fū	主人、夫	小學 xiǎo xué	小学校
老師 lǎo shī	先生、教師	你們 nǐ men	あなたたち
好 hǎo	良い、健康である	高興 gāo xìng	嬉しい
認識 rèn shi	知り合う	請 qǐng	お願いする、どうぞ
多多指教 dūo dūo zhǐ jiào	どうぞよろしく	歡迎 huān yíng	歓迎する

✳ 関連単語　🎵 01-3

□ 學（ㄒㄩㄝˊ）生（ㄕㄥ）学生（がくせい）
xué shēng

□ 學（ㄒㄩㄝˊ）校（ㄒㄠˋ）学校（がっこう）
xué xiào

□ 張（ㄓㄤ）（姓（ㄒㄧㄥˋ）氏（ㄕˋ））張（苗字（みょうじ））
zhāng　(xìng shì)

□ 林（ㄌㄧㄣˊ）（姓（ㄒㄧㄥˋ）氏（ㄕˋ））林（苗字（みょうじ））
lín　(xìng shì)

□ 先（ㄒㄧㄢ）生（ㄕㄥ）〜さん（男性（だんせい）に対（たい）する敬称（けいしょう））
xiān shēng

□ 女（ㄋㄩˇ）士（ㄕˋ）〜さん（婦人（ふじん）に対（たい）する敬称（けいしょう））
nǔ　shì

文法説明 01-4

1 人称代名詞

	一人称	二人称	三人称
単数形	我 ㄨㄛˇ wǒ 私	你 ㄋㄧˇ nǐ 貴方 妳 ㄋㄧˇ nǐ 貴女	他 ㄊㄚ tā 彼 她 ㄊㄚ tā 彼女
複数形	我 ㄨㄛˇ 們 ㄇㄣ wǒ men 私たち	你 ㄋㄧˇ 們 ㄇㄣ nǐ men 貴方たち 妳 ㄋㄧˇ 們 ㄇㄣ nǐ men 貴女たち	他 ㄊㄚ 們 ㄇㄣ tā men 彼ら 她 ㄊㄚ 們 ㄇㄣ tā men 彼女たち

24

2 肯定文（こうていぶん）「A ＋ 是（ㄕˋ）＋ B」（A は B だ）、否定文（ひていぶん）「A ＋ 不（ㄅㄨˋ）是（ㄕˋ）＋ B」（A は B ではない）

我（ㄨㄛˇ）是（ㄕˋ）老（ㄌㄠˇ）師（ㄕ）。
wǒ shì lǎo shī
私（わたし）は教師（きょうし）です。

我（ㄨㄛˇ）不（ㄅㄨˋ）是（ㄕˋ）老（ㄌㄠˇ）師（ㄕ）。
wǒ bú shì lǎo shī
私（わたし）は教師（きょうし）ではありません。

她（ㄊㄚ）是（ㄕˋ）我（ㄨㄛˇ）朋（ㄆㄥ）友（ㄧㄡˇ）。
tā shì wǒ péng yǒu
彼女（かのじょ）は私（わたし）の友達（ともだち）です。

她（ㄊㄚ）不（ㄅㄨˋ）是（ㄕˋ）我（ㄨㄛˇ）朋（ㄆㄥ）友（ㄧㄡˇ）。
tā bú shì wǒ péng yǒu
彼女（かのじょ）は私（わたし）の友達（ともだち）ではありません。

他（ㄊㄚ）是（ㄕˋ）我（ㄨㄛˇ）先（ㄒㄧㄢ）生（ㄕㄥ）。
tā shì wǒ xiān shēng
彼（かれ）は私（わたし）の主人（しゅじん）です。

他（ㄊㄚ）不（ㄅㄨˋ）是（ㄕˋ）我（ㄨㄛˇ）先（ㄒㄧㄢ）生（ㄕㄥ）。
tā bú shì wǒ xiān shēng
彼（かれ）は私（わたし）の主人（しゅじん）ではありません。

3 「代（名）詞＋是ㄕ＋（苗字）＋名。」＝「代（名）詞＋叫ㄐㄧㄠ＋（苗字）＋名。」（〜は…だ）

我ㄨㄛ是ㄕ陳ㄔㄣ美ㄇㄟ玲ㄌㄧㄥ。　　＝　　我ㄨㄛ叫ㄐㄧㄠ陳ㄔㄣ美ㄇㄟ玲ㄌㄧㄥ。
wǒ　shì　chén měi líng　　　　　wǒ　jiào chén měi líng
私（わたし）は陳美玲（ちんみれい）です。

我ㄨㄛ是ㄕ美ㄇㄟ玲ㄌㄧㄥ。　　＝　　我ㄨㄛ叫ㄐㄧㄠ美ㄇㄟ玲ㄌㄧㄥ。
wǒ　shì　měi líng　　　　　　　wǒ　jiào měi líng
私（わたし）は美玲（みれい）です。

注目

是ㄕおよび叫ㄐㄧㄠの後（あと）に、苗字（みょうじ）のみをつけることはできない。

　　× 　我ㄨㄛ是ㄕ陳ㄔㄣ。
　　　　wǒ shì　chén

　　× 　我ㄨㄛ叫ㄐㄧㄠ陳ㄔㄣ。
　　　　wǒ jiào chén

4 副詞「〜也ㄧㄝˇ…」（〜も…）

我ㄨㄛˇ也ㄧㄝˇ是ㄕˋ老ㄌㄠˇ師ㄕ。
wǒ yě shì lǎo shī
私も教師です。

她ㄊㄚ也ㄧㄝˇ是ㄕˋ我ㄨㄛˇ朋ㄆㄥˊ友ㄧㄡˇ。
tā yě shì wǒ péng yǒu
彼女も私の友達です。

5 「〜嗎ㄇㄚ？」（〜ですか？）

妳ㄋㄧˇ是ㄕˋ陳ㄔㄣˊ美ㄇㄟˇ玲ㄌㄧㄥˊ小ㄒㄧㄠˇ姐ㄐㄧㄝˇ嗎ㄇㄚ？
nǐ shì chén měi líng xiǎo jiě ma
あなたは陳美玲さんですか？

他ㄊㄚ也ㄧㄝˇ是ㄕˋ你ㄋㄧˇ朋ㄆㄥˊ友ㄧㄡˇ嗎ㄇㄚ？
tā yě shì nǐ péng yǒu ma
彼もあなたの友達ですか？

🎵01-6

6 「代 (名) 詞＋好」（〜、こんにちは）

你好。
nǐ hǎo
こんにちは。

老師好。
lǎo shī hǎo
先生、こんにちは。

大家好。
dà jiā hǎo
皆さん、こんにちは。

7 「很＋形容詞」（とても〜）

很美麗。
hěn měi lì
とてもきれい。

很可愛。
hěn kě ài
とてもかわいい。

很討厭。
hěn tǎo yàn
とても嫌い。とてもうっとうしい。

8 「代（名）詞＋姓_{ㄒㄧㄥˋ}＋苗字_{みょうじ}」（～の苗字は…だ）

我_{ㄨㄛˇ}姓_{ㄒㄧㄥˋ}李_{ㄌㄧˇ}。

wǒ xìng lǐ

私_{わたし}の苗字_{みょうじ}は李_りです。

她_{ㄊㄚ}姓_{ㄒㄧㄥˋ}林_{ㄌㄧㄣˊ}。

tā xìng lín

彼女_{かのじょ}の苗字_{みょうじ}は林_{りん}です。

9 「代（名）詞＋姓_{ㄒㄧㄥˋ}＋什_{ㄕㄣˊ}麼_{ㄇㄜ}？」（～の苗字は何_{なに}か？）

你_{ㄋㄧˇ}姓_{ㄒㄧㄥˋ}什_{ㄕㄣˊ}麼_{ㄇㄜ}？

nǐ xìng shén me

あなたの苗字_{みょうじ}は何_{なん}ですか？

她_{ㄊㄚ}姓_{ㄒㄧㄥˋ}什_{ㄕㄣˊ}麼_{ㄇㄜ}？

tā xìng shén me

彼女_{かのじょ}の苗字_{みょうじ}は何_{なん}ですか？

第02課

那個是我的行李。
nà ge shì wǒ de xíng lǐ

あれは私の荷物です。

会話

♪ 02-1

這[1]是你的[2]行李嗎？ zhè shì nǐ de xíng lǐ ma	これはあなたの荷物ですか？
不是，這是我朋友的 bú shì zhè shì wǒ péng yǒu de 行李。 xíng lǐ	いいえ、これは友達の荷物です。
這包包是誰的？ zhè bāo bāo shì shéi de	このカバンは誰のですか？

這包包是我太太的³。
zhè bāo bāo shì wǒ tài tai de

このカバンは家内のです。

哪個是你的行李？
nǎ ge shì nǐ de xíng lǐ

どれがあなたの荷物ですか？

那個是我的行李⁴。
nà ge shì wǒ de xíng lǐ

あれが私の荷物です。

你有照相機嗎？
nǐ yǒu zhào xiàng jī ma

あなたはカメラを持っていますか？

我沒有，她有⁶。她還
wǒ méi yǒu　tā yǒu　tā hái
有攝影機⁵。
yǒu shè yǐng jī

私は持っていません、彼女は持っています。彼女はビデオカメラも持っています。

31

単語

這（個） zhè (ge)	これ、この	〜的 de	〜の
行李 xíng lǐ	荷物	包包 bāo bāo	カバン
太太／ tài tai / 老婆 lǎo pó	家内、妻、奥さん	哪個 nǎ ge	どれ、どの
那（個） nà (ge)	それ、その、あれ、 あの	照相機 zhào xiàng jī	カメラ
有 yǒu	ある、いる、持っ ている	沒有 méi yǒu	ない、持っていな い
還有 hái yǒu	まだある、それか ら	攝影機 shè yǐng jī	ビデオカメラ

✻ 関連単語　🔊 02-3

□ 衣-服(ㄈㄨˊ) 服
yī fú

□ 帽(ㄇㄠˋ)子(ㄗ˙) 帽子
mào zi

□ 鞋(ㄒㄧㄝˊ)子(ㄗ˙) 靴(くつ)
xié zi

□ 平(ㄆㄧㄥˊ)板(ㄅㄢˇ)電(ㄉㄧㄢˋ)腦(ㄋㄠˇ) タブレット PC
píng bǎn diàn nǎo

文法説明　🔊 02-4

1 指示代名詞(しじだいめいし)

這(ㄓㄜˋ)（個(ㄍㄜ˙)） zhè (ge) これ、この	那(ㄋㄚˋ)（個(ㄍㄜ˙)） nà (ge) それ、その、あれ、あの	哪(ㄋㄚˇ)個(ㄍㄜ˙) nǎ ge どれ、どの
這(ㄓㄜˋ)個(ㄍㄜ˙)行(ㄒㄧㄥˊ)李(ㄌㄧˇ) zhè ge xíng lǐ この荷物(にもつ)	那(ㄋㄚˋ)個(ㄍㄜ˙)行(ㄒㄧㄥˊ)李(ㄌㄧˇ) nà ge xíng lǐ その（あの）荷物(にもつ)	哪(ㄋㄚˇ)個(ㄍㄜ˙)行(ㄒㄧㄥˊ)李(ㄌㄧˇ) nǎ ge xíng lǐ どの荷物

2 所有格「我的」、「你的」、「他（她）的」、「我們的」、「你們的」、「他（她）們的」（〜の）

我的手機
wǒ de shǒu jī
私の携帯電話

你的照相機
nǐ de zhào xiàng jī
あなたのカメラ

他的衣服
tā de yī fú
彼の服

我們的老師
wǒ men de lǎo shī
私たちの先生

他們的學校
tā men de xué xiào
彼らの学校

3 「代 (名) 詞＋的（ㄉㄜ）」（〜の）

我（ㄨㄛˇ）媽（ㄇㄚ）媽（ㄇㄚ）的（ㄉㄜ）
wǒ mā ma de
私（わたし）の母（はは）の

他（ㄊㄚ）爸（ㄅㄚˋ）爸（ㄅㄚ）的（ㄉㄜ）
tā bà ba de
彼（かれ）のお父（とう）さんの

你（ㄋㄧˇ）姊（ㄐㄧㄝˇ）姊（ㄐㄧㄝ）的（ㄉㄜ）
nǐ jiě jie de
あなたのお姉（ねえ）さんの

35

🎧02-5

4 「指示代名詞＋名詞＋是ㄕ＋代（名）詞＋的ㄉㄜ」（～は…のだ）

那ㄋㄚ個ㄍㄜ相ㄒㄤ機ㄐㄧ是ㄕ我ㄨㄛ太ㄊㄞ太ㄊㄞ的ㄉㄜ。
nà　ge　xiàng jī　shì　wǒ tài　tai　de
あのカメラは私(わたし)の妻(つま)のです。

這ㄓㄜ個ㄍㄜ包ㄅㄠ包ㄅㄠ是ㄕ姐ㄐㄧㄝ姐ㄐㄧㄝ的ㄉㄜ。
zhè ge　bāo bāo　shì　jiě　jie　de
このバッグは姉(あね)のです。

5 「代（名）詞＋有ㄧㄡ＋Ａ＋還ㄏㄞ有ㄧㄡ＋Ｂ」（～はＡとＢがある）

我ㄨㄛ有ㄧㄡ照ㄓㄠ相ㄒㄤ機ㄐㄧ還ㄏㄞ有ㄧㄡ攝ㄕㄜ影ㄧㄥ機ㄐㄧ。
wǒ　yǒu zhào xiàng jī　hái　yǒu shè yǐng jī
私(わたし)はカメラとビデオカメラを持(も)っています。

美ㄇㄟ玲ㄌㄧㄥ有ㄧㄡ哥ㄍㄜ哥ㄍㄜ還ㄏㄞ有ㄧㄡ姊ㄐㄧㄝ姊ㄐㄧㄝ。
měi líng yǒu gē　ge　hái yǒu jiě jie
美玲(みれい)にはお兄(にい)さんとお姉(ねえ)さんがいます。

6 「～有……」（～は…がある、を持っている）、
「～沒有……」（～は…がない、を持っていない）

我有房子。
wǒ yǒu fáng zi
私は家があります。

我沒有房子。
wǒ méi yǒu fáng zi
私は家がありません。

他有汽車。
tā yǒu qì chē
彼は自動車を持っています。

他沒有汽車。
tā méi yǒu qì chē
彼は自動車を持っていません。

你有哥哥。
nǐ yǒu gē ge
あなたにはお兄さんがいます。

你沒有哥哥。
nǐ méi yǒu gē ge
あなたにはお兄さんがいません。

第03課

房間在幾樓？
ㄈㄤ ㄐㄧㄢ ㄗㄞ ㄐㄧ ㄌㄡ
fáng jiān zài jǐ lóu
部屋は何階にありますか？

会話

♪03-1

我們的房間在²幾樓³？ ㄨㄛ ㄇㄣ ㄉㄜ ㄈㄤ ㄐㄧㄢ ㄗㄞ ㄐㄧ ㄌㄡ wǒ men de fáng jiān zài jǐ lóu	私たちの部屋は何階にありますか？
你們的房間在二樓。 ㄋㄧ ㄇㄣ ㄉㄜ ㄈㄤ ㄐㄧㄢ ㄗㄞ ㄦ ㄌㄡ nǐ men de fáng jiān zài èr lóu	（あなたたちの）部屋は２階にあります。
幾號呢？ ㄐㄧ ㄏㄠ ㄋㄜ jǐ hào ne	何号室ですか？

二零五號房。 èr líng wǔ hào fáng	205 号室です。
你朋友的房間也在二樓。 nǐ péng yǒu de fáng jiān yě zài èr lóu	（あなたの）友達の部屋も2階にあります。
在二零六號房。 zài èr líng liù hào fáng	206 号室です。
請進4。這房間怎麼樣5？ qǐng jìn zhè fáng jiān zěn me yàng	どうぞお入りください。この部屋はいかがですか？
這房間很好，很乾淨，也很大6。 zhè fáng jiān hěn hǎo hěn gān jìng yě hěn dà	この部屋はとても良くて、とてもきれい（清潔）で、（そして）とても広いです。
浴室在這裡。 yù shì zài zhè lǐ	浴室はこちらです。

39

有電視嗎[8]？ yǒu diàn shì ma	テレビはありますか？
有。 yǒu	あります。
餐廳在哪裡[9]？ cān tīng zài nǎ lǐ	レストランはどこですか？
在那裡。 zài nà lǐ	（あ）そこです。
那裡還有便利超商。 nà lǐ hái yǒu biàn lì chāo shāng	（あ）そこにはコンビニもあります。
麻煩你。 má fán nǐ	お手数をおかけしました。
不客氣[10]！ bú kè qì	どういたしまして。

単語

🎧 03-2

房間 fáng jiān	部屋 *～號房（間） の「間」は 省略可能。	在 zài （介詞） (jiè cí)	ある、いる
幾／多少 jǐ　dūo shǎo	いくつ、いく ら	樓 lóu	階
也 yě	もまた	號 hào	号
呢 ne （疑問助詞） (yí wèn zhù cí)	ですか （疑問助詞）	請 qǐng	どうぞ
進 jìn	入る	怎麼樣 zěn me yàng	どうだ、どの ような
很 hěn	とても	大 dà	大きい、広い
乾淨 gān jìng	清潔	浴室 yù　shì	浴室

41

電視 diàn shì	テレビ	哪裡 nǎ lǐ	どこ
便利超商 biàn lì chāo shāng （便利商店） (biàn lì shāng diàn)	コンビニ（エ ンスストア）	麻煩 má fán	面倒、手数を かける
不 bù	いいえ、〜し ない、〜では ない		

＊関連単語　　　　　　　　　　　　　　　🎧 03-3

□ 冷氣 クーラー
　lěng qì

□ 冰箱 冷蔵庫
　bīng xiāng

□ 桌子 机
　zhuō zi

□ 椅子 椅子
　yǐ zi

□ 電話 電話
　diàn huà

□ 窗戶 窓
　chuāng hù

□ 拖鞋 スリッパ
　tūo xié

□ 小 小さい
　xiǎo

文法説明

03-4

1 数詞

(1) 数字

0：零 líng ゼロ、零	1：一 yī 一	2：二／兩 èr liǎng 二	3：三 sān 三
4：四 sì 四	5：五 wǔ 五	6：六 liù 六	7：七 qī 七
8：八 bā 八	9：九 jiǔ 九	10：十 shí 十	11：十一 shí yī 十一
12：十二 shí èr 十二	13：十三 shí sān 十三	14：十四 shí sì 十四	15：十五 shí wǔ 十五
16：十六 shí liù 十六	17：十七 shí qī 十七	18：十八 shí bā 十八	19：十九 shí jiǔ 十九

20：二十 èr shí にじゅう 二十	21：二十一 èr shí yī にじゅういち 二十一	100：一百 yì bǎi ひゃく 百
101：一百零一 yì bǎi líng yī ひゃくいち 百一		111：一百一十一 yì bǎi yī shí yī ひゃくじゅういち 百十一
200：兩百／二百 liǎng bǎi　èr bǎi にひゃく 二百		202：兩百零二／ liǎng bǎi líng èr 二百零二 èr bǎi líng èr にひゃくに 二百二
2000：兩千 liǎng qiān にせん 二千		10000：一萬 yí wàn いちまん 一万

03-5

	百萬 bǎi wàn	十萬 shí wàn	萬 wàn	千 qiān	百 bǎi	十 shí	
125 元					一 yì	二 èr	五 wǔ	元 yuán
3,125 元				三 sān	一 yì	二 èr	五 wǔ	元 yuán
63,125 元			六 liù	三 sān	一 yì	二 èr	五 wǔ	元 yuán
763,125 元		七 qī	六 liù	三 sān	一 yì	二 èr	五 wǔ	元 yuán
4,763,125 元	四 sì	七 qī	六 liù	三 sān	一 yì	二 èr	五 wǔ	元 yuán

125 元

一百二十五元
yì bǎi èr shí wǔ yuán

百二十五元

3,125 元

三千一百二十五元
sān qiān yì bǎi èr shí wǔ yuán

三千百二十五元

63,125 元 ㄩㄢˊ

六 ㄌㄧㄡˋ 萬 ㄨㄢˋ 三 ㄙㄢ 千 ㄑㄧㄢ 一 ㄧˊ 百 ㄅㄞˇ 二 ㄦˋ 十 ㄕˊ 五 ㄨˇ 元 ㄩㄢˊ

liù wàn sān qiān yì bǎi èr shí wǔ yuán

ろくまんさんぜんひゃくにじゅうごげん
六万三千百二十五元

763,125 元 ㄩㄢˊ

七 ㄑㄧ 十 ㄕˊ 六 ㄌㄧㄡˋ 萬 ㄨㄢˋ 三 ㄙㄢ 千 ㄑㄧㄢ 一 ㄧˊ 百 ㄅㄞˇ 二 ㄦˋ 十 ㄕˊ 五 ㄨˇ 元 ㄩㄢˊ

qī shí liù wàn sān qiān yì bǎi èr shí wǔ yuán

ななじゅうろくまんさんぜんひゃくにじゅうごげん
七十六万三千百二十五元

4,763,125 元 ㄩㄢˊ

四 ㄙˋ 百 ㄅㄞˇ 七 ㄑㄧ 十 ㄕˊ 六 ㄌㄧㄡˋ 萬 ㄨㄢˋ 三 ㄙㄢ 千 ㄑㄧㄢ 一 ㄧˊ 百 ㄅㄞˇ 二 ㄦˋ 十 ㄕˊ 五 ㄨˇ 元 ㄩㄢˊ

sì bǎi qī shí liù wàn sān qiān yì bǎi èr shí wǔ yuán

よんひゃくななじゅうろくまんさんぜんひゃくにじゅうごげん
四百七十六万三千百二十五元

🔊 03-6

(2) 大字数字：銀行や郵便局での引き出しや、小切手の発行
　　に使用。

壹 yī 壱	貳 èr 弐	參 sān 参	肆 sì 四（肆）	伍 wǔ 五（伍）
陸 liù 六（陸）	柒 qī 七（漆）	捌 bā 八（捌）	玖 jiǔ 九（玖）	拾 shí 拾
零 líng 零	佰 bǎi 百（佰）	仟 qiān 千（仟）	萬 wàn 万（萬）	整 zhěng 也

123,405 元整

壹拾貳萬參仟肆佰零伍元整
yī shí èr wàn sān qiān sì bǎi líng wǔ yuán zhěng

拾弐万参千四百五元也

🎧03-7

(3) 年数、序数（番号）

二ㄦ 零ㄌㄥ 二ㄦ 零ㄌㄥ 年ㄋㄧㄢ èr líng èr líng nián <ruby>2020<rt>にせんにじゅう</rt></ruby>年<rt>ねん</rt> ２０２０年	公ㄍㄨㄥ 元ㄩㄢ 兩ㄌㄧㄤ 千ㄑㄧㄢ 年ㄋㄧㄢ gōng yuán liǎng qiān nián 西暦 2000 年
一ㄧ 六ㄌㄧㄡ 九ㄐㄧㄡ 號ㄏㄠ yī liù jiǔ hào １６９号（１６９号）	第ㄉㄧ 二ㄦ 五ㄨ 零ㄌㄥ 七ㄑㄧ 號ㄏㄠ dì èr wǔ líng qī hào 第 2507 号（第２５０７号）

(4) 数字の質問の仕方（いくつ、いくら）

幾ㄐㄧ 元ㄩㄢ ？ jǐ yuán	一ㄧ 百ㄅㄞ 元ㄩㄢ 。 yì bǎi yuán
＝ 幾ㄐㄧ 塊ㄎㄨㄞ 錢ㄑㄧㄢ ？ jǐ kuài qián	＝ 一ㄧ 百ㄅㄞ 塊ㄎㄨㄞ 錢ㄑㄧㄢ 。 yì bǎi kuài qián
＝ 多ㄉㄨㄛ 少ㄕㄠ 錢ㄑㄧㄢ ？ dūo shǎo qián いくらですか？	100 元。 ＊一百「錢」という言い方はない。

🎧 03-8

2 「在」と「有」（ある／いる）の比較

事物／人＋在＋場所

椅子在客廳。
yǐ zi zài kè tīng
椅子は応接間にあります。

我在浴室。
wǒ zài yù shì
私は浴室にいます。

場所＋有＋事物／人

客廳有椅子。
kè tīng yǒu yǐ zi
応接間に椅子があります。

浴室有人。
yù shì yǒu rén
浴室に人がいます。

3 「幾(ㄐㄧˇ)＋量詞」（何〜）

幾(ㄐㄧˇ)位(ㄨㄟˋ)？
jǐ wèi
何人(なんにん)？

幾(ㄐㄧˇ)個(ㄍㄜ˙)？
jǐ ge
何個(なんこ)？

幾(ㄐㄧˇ)歲(ㄙㄨㄟˋ)？
jǐ suì
何歲(なんさい)？

4 「請(ㄑㄧㄥˇ)＋動詞」（〜してください）

請(ㄑㄧㄥˇ)看(ㄎㄢˋ)。
qǐng kàn
見(み)てください。

請(ㄑㄧㄥˇ)坐(ㄗㄨㄛˋ)。
qǐng zuò
座(すわ)ってください。

5 「這／那＋（量詞）＋名詞＋怎麼樣？」（この・

その・あの～はいかが？）

這件衣服怎麼樣？
zhè jiàn yī fú zěn me yàng

＝ 這衣服怎麼樣？
zhè yī fú zěn me yàng

この服はいかがですか？

那個顏色怎麼樣？
nà ge yán sè zěn me yàng

＝ 那顏色怎麼樣？
nà yán sè zěn me yàng

あの色はいかがですか？

這個房間怎麼樣？
zhè ge fáng jiān zěn me yàng

＝ 這房間怎麼樣？
zhè fáng jiān zěn me yàng

この部屋はいかがですか？

🎵 03-9

6 「這 / 那＋（量詞）＋名詞＋很＋形容詞Ａ，也很＋形容詞Ｂ」（この・その・あの～はとてもＡで、また とてもＢだ）

這 件 衣 服 很 漂 亮 ， 也 很 合 身 。
zhè jiàn yī fú hěn piào liàng　yě hěn hé shēn
この服はとてもきれいで、それにちょうどいいです。

那 個 顔 色 很 特 別 ， 也 很 好 看 。
nà ge yán sè hěn tè bié　yě hěn hǎo kàn
その色はとても特別で、それにとてもきれいです。

7 「很」（とても）と「不」（ではない）の比較

很 hěn とても	這房間很好。 zhè fáng jiān hěn hǎo この部屋はとてもいいです。
	空間很小。 kōng jiān hěn xiǎo スペースはとても小さいです。

不 bù ではない	這房間不好。 zhè fáng jiān bù hǎo この部屋は良くないです。
	空間不小。 kōng jiān bù xiǎo スペースは小さくないです。

🎧 03-10

8 「有ㄧㄡˇ＋名詞＋嗎ㄇㄚ？」（〜があるか？）

有ㄧㄡˇ冷ㄌㄥˇ氣ㄑㄧˋ嗎ㄇㄚ？
yǒu lěng qì　ma
クーラーがありますか？

有ㄧㄡˇ窗ㄔㄨㄤ戶ㄏㄨˋ嗎ㄇㄚ？
yǒu chuāng hù ma
窗まどがありますか？

9 「代(名)詞＋在ㄗㄞˋ哪ㄋㄚˇ裡ㄌㄧ？」（〜はどこにある / いるか？）

學ㄒㄩㄝ校ㄒㄧㄠˋ在ㄗㄞˋ哪ㄋㄚˇ裡ㄌㄧ？
xué xiào zài nǎ　lǐ
学校がっこうはどこにありますか？

老ㄌㄠˇ師ㄕ在ㄗㄞˋ哪ㄋㄚˇ裡ㄌㄧ？
lǎo shī　zài nǎ　lǐ
先生せんせいはどこにいますか？

椅子在哪裡？
yǐ zi zài nǎ lǐ
いすはどこにありますか？

10 「不 / 不 ＋形容詞」（〜ではない）

不胖
bú pàng
太っていない

不瘦
bú shòu
痩せていない

不熱
bú rè
熱（暑）くない

不冷
bù lěng
冷たくない、寒くない

55

第04課

中正紀念堂
ㄓㄨㄥ ㄓㄥˋ ㄐㄧˋ ㄋㄧㄢˋ ㄊㄤˊ
zhōng zhèng jì niàn táng
ちゅうせいきねんどう
中正紀念堂

会話

♪ 04-1

今天我們做什麼？ jīn tiān wǒ men zuò shén me	今日私たちは何をしますか？
今天參觀台北市容³。你去不去⁶？ jīn tiān cān guān tái běi shì róng nǐ qù bú qù	今日は台北市（の様子）を見学しに行きます。あなたは行きますか？
去啊！我們參觀什麼地方⁷？ qù a wǒ men cān guān shén me dì fāng	行きますよ！私たちはどこを見学しますか？
參觀中正紀念堂。 cān guān zhōng zhèng jì niàn táng	中正紀念堂を見学します。
這地方真大⁹啊！ zhè dì fāng zhēn dà a	ここは本当に広い（大きい）ですね！

56

前面是不是民主廣場？ qián miàn shì bú shì mín zhǔ guǎng chǎng	前は民主広場ですか？
是。左邊的建築物是音樂廳。 shì zuǒ biān de jiàn zhú wù shì yīn yuè tīng	はい。左側の建物はコンサートホールです。
那麼右邊是戲劇院吧？ nà me yòu biān shì xì jù yuàn ba	そうすると、右側は劇場（シアター）ですね？
對。後面是中正紀念堂。 duì hòu miàn shì zhōng zhèng jì niàn táng	はい。後ろは中正紀念堂です。
嗯，我們照幾張[10]相吧[12]！ en wǒ men zhào jǐ zhāng xiàng ba	はい、写真を何枚か撮りましょう！

単語

04-2

今天 jīn tiān	今日	做 zuò	作る、する
什麼 shén me	どの、どんな、何	參觀 cān guān	見学する、見物する
台北 tái běi	台北	市容 shì róng	街の様子、外観
去 qù	行く	地方 dì fāng	場所
中正紀念堂 zhōng zhèng jì niàn táng	中正紀念堂	真 zhēn	本当に
啊 a （語氣助詞）(yǔ qì zhù cí)	はい、ああ、ね（語気助詞）	前面 qián miàn	前のほう、前方
民主廣場 mín zhǔ guǎng chǎng	民主広場	左邊 zuǒ biān	左側

建築物 jiàn zhú wù	建築物、建物	音樂廳 yīn yuè tīng	コンサートホール
那麼 nà me	そのように、それでは	右邊 yòu biān	右側
戲劇院 xì jù yuàn	劇場、シアター	吧 ba（語氣助詞）(yǔ qì zhù cí)	～ましょう、でしょう（語気助詞）
對 duì	そうだ、正しい	後面 hòu miàn	後ろ、後方
嗯 en	うん、はい	照／拍 zhào pāi	撮影する
幾 jǐ	いくつ	張 zhāng（量詞）(liàng cí)	枚（紙などを数える量詞）
相片 xiàng piàn	写真		

✱ 関連単語　　　　　　　　　　　　🎧 04-3

□ 上ㄕㄤ 面ㄇㄧㄢ 上
shàng miàn

□ 下ㄒㄧㄚ 面ㄇㄧㄢ 下
xià miàn

□ 外ㄨㄞ 面ㄇㄧㄢ 外
wài miàn

□ 裡ㄌㄧ 面ㄇㄧㄢ 中
lǐ miàn

□ 旁ㄆㄤ 邊ㄅㄧㄢ 横、そば
páng biān

□ 桃ㄊㄠ 園ㄩㄢ 桃園
táo yuán

□ 台ㄊㄞ 中ㄓㄨㄥ 台中
tái zhōng

□ 高ㄍㄠ 雄ㄒㄩㄥ 高雄
gāo xióng

文法説明

04-4

1 方向（ほうこう）

上ㄕㄤ（面ㄇㄧㄢ）
shàng (miàn)
上（うえ）

左ㄗㄨㄛ（邊ㄅㄧㄢ）
zuǒ (biān)
左（ひだり）

中ㄓㄨㄥ間ㄐㄧㄢ
zhōng jiān
中間（ちゅうかん）

右ㄧㄡ（邊ㄅㄧㄢ）
yòu (biān)
右（みぎ）

下ㄒㄧㄚ（面ㄇㄧㄢ）
xià (miàn)
下（した）

前ㄑㄧㄢ面ㄇㄧㄢ
qián miàn
前（まえ）

後ㄏㄡ面ㄇㄧㄢ
hòu miàn
後ろ（うし）

2 方角
ほうがく

西ㄒ 北ㄅㄟˇ xī běi せいほく 西北	北ㄅㄟˇ běi きた 北	東ㄉㄨㄥ 北ㄅㄟˇ dōng běi とうほく 東北
西ㄒ xī にし 西		東ㄉㄨㄥ dōng ひがし 東
西ㄒ 南ㄋㄢˊ xī nán せいなん 西南	南ㄋㄢˊ nán みなみ 南	東ㄉㄨㄥ 南ㄋㄢˊ dōng nán とうなん 東南

3 「動詞＋名詞」（〜をする）

動詞	名詞	
參觀 cān guān 見学する けんがく	總統府 zǒng tǒng fǔ 総統府 そうとうふ	參觀總統府 cān guān zǒng tǒng fǔ 総統府を見学する そうとうふ　けんがく
去 qù 行く い	百貨公司 bǎi huò gōng sī デパート	去百貨公司 qù bǎi huò gōng sī デパートに行く い
坐 zuò 乗る、座る の　　すわ	計程車 jì chéng chē タクシー	坐計程車 zuò jì chéng chē タクシーに乗る の
騎 qí 乗る、またがる の	腳踏車 jiǎo tà chē 自転車 じてんしゃ	騎腳踏車 qí jiǎo tà chē 自転車に乗る じてんしゃ　の
逛 guàng 散歩する さんぽ ぶらぶら歩く ある	夜市 yè shì 夜市 よいち	逛夜市 guàng yè shì 夜市をぶらぶら歩く よいち　　　　ある
吃 chī 食べる た	早餐 zǎo cān 朝食 ちょうしょく	吃早餐 chī zǎo cān 朝食を食べる ちょうしょく　た

🎧 04-5

4 「不ㄅㄨˊ / 不ㄅㄨˋ ＋動詞＋名詞」（〜を…しない）

不ㄅㄨˊ / 不ㄅㄨˋ	動詞	名詞	
不ㄅㄨˊ bú 否定、〜しない	去ㄑㄩˋ qù 行く	博ㄅㄛˊ物ㄨˋ館ㄍㄨㄢˇ bó wù guǎn 博物館	不ㄅㄨˊ去ㄑㄩˋ博ㄅㄛˊ物ㄨˋ館ㄍㄨㄢˇ bú qù bó wù guǎn 博物館に行きません
不ㄅㄨˋ bù	買ㄇㄞˇ mǎi 買う	東ㄉㄨㄥ西ㄒㄧ dōng xi 物	不ㄅㄨˋ買ㄇㄞˇ東ㄉㄨㄥ西ㄒㄧ bù mǎi dōng xi 物を買いません
不ㄅㄨˋ bù	喝ㄏㄜ hē 飲む	飲ㄧㄣˇ料ㄌㄧㄠˋ yǐn liào 飲み物	不ㄅㄨˋ喝ㄏㄜ飲ㄧㄣˇ料ㄌㄧㄠˋ bù hē yǐn liào 飲み物を飲みません

5 「人称代名詞＋不ㄅㄨ / 不ㄅㄨ＋動詞＋名詞」 （～は…を～しない）

人称代名詞	不ㄅㄨ / 不ㄅㄨ	動詞	名詞	
我ㄨㄛ wǒ わたし 私	不ㄅㄨ bú 否定、 ～しない	去ㄑㄩ qù い 行く	博ㄅㄛ物ㄨ館ㄍㄨㄢ bó wù guǎn はくぶつかん 博物館	我ㄨㄛ不ㄅㄨ去ㄑㄩ博ㄅㄛ物ㄨ館ㄍㄨㄢ wǒ bú qù bó wù guǎn わたし はくぶつかん い 私 は博物館に行きません
他ㄊㄚ tā かれ 彼	不ㄅㄨ bù	買ㄇㄞ mǎi か 買う	東ㄉㄨㄥ西ㄒㄧ dōng xi もの 物	他ㄊㄚ不ㄅㄨ買ㄇㄞ東ㄉㄨㄥ西ㄒㄧ tā bù mǎi dōng xi かれ もの か 彼は物を買いません
我ㄨㄛ們ㄇㄣ wǒ men わたし 私たち	不ㄅㄨ bù	喝ㄏㄜ hē の 飲む	飲ㄧㄣ料ㄌㄠ yǐn liào の もの 飲み物	我ㄨㄛ們ㄇㄣ不ㄅㄨ喝ㄏㄜ飲ㄧㄣ料ㄌㄠ wǒ men bù hē yǐn liào わたし の もの の 私たちは飲み物を飲みません

🎧 04-6

6 「～動詞＋不ㄅㄨˊ / 不ㄅㄨˋ＋動詞…？　＝　～動詞…嗎ㄇㄚ？」

（～は…をするか？、～は…か？）

妳ㄋㄧˇ 去ㄑㄩˋ 不ㄅㄨˊ 去ㄑㄩˋ 博ㄅㄛˊ 物ㄨˋ 館ㄍㄨㄢˇ？

nǐ qù bú qù bó wù guǎn

＝ 妳ㄋㄧˇ 去ㄑㄩˋ 博ㄅㄛˊ 物ㄨˋ 館ㄍㄨㄢˇ 嗎ㄇㄚ？

nǐ qù bó wù guǎn ma

あなたは博物館（はくぶつかん）に行（い）きますか？

前ㄑㄧㄢˊ 面ㄇㄧㄢˋ 是ㄕˋ 不ㄅㄨˊ 是ㄕˋ 民ㄇㄧㄣˊ 主ㄓㄨˇ 廣ㄍㄨㄤˇ 場ㄔㄤˇ？

qián miàn shì bú shì mín zhǔ guǎng chǎng

＝ 前ㄑㄧㄢˊ 面ㄇㄧㄢˋ 是ㄕˋ 民ㄇㄧㄣˊ 主ㄓㄨˇ 廣ㄍㄨㄤˇ 場ㄔㄤˇ 嗎ㄇㄚ？

qián miàn shì mín zhǔ guǎng chǎng ma

前（まえ）は民主広場（みんしゅひろば）ですか？

你ㄋㄧˇ 喝ㄏㄜ 不ㄅㄨˋ 喝ㄏㄜ 水ㄕㄨㄟˇ？

nǐ hē bù hē shuǐ

＝ 你ㄋㄧˇ 喝ㄏㄜ 水ㄕㄨㄟˇ 嗎ㄇㄚ？

nǐ hē shuǐ ma

あなたは水（みず）を飲（の）みますか？

7 「什麼＋名詞？」（どんな〜？）

什麼	名詞	
什麼 shén me 何、どの、どんな	地方 dì fāng 場所	什麼地方？ shén me dì fāng どこ（どんな場所）？
什麼 shén me	東西 dōng xi 物	什麼東西？ shén me dōng xi 何（どんな物）？
什麼 shén me	飲料 yǐn liào 飲み物	什麼飲料？ shén me yǐn liào どんな飲み物？

🎧 04-7

8 「動詞＋什麼＋名詞？」（どんな〜を…するか？）

動詞	什麼	名詞	
去 qù 行く	什麼 shén me 何、どの、どんな	地方 dì fāng 場所	去什麼地方？ qù shén me dì fāng どこ（どんな場所）に行きますか？
買 mǎi 買う	什麼 shén me	東西 dōng xi 物	買什麼東西？ mǎi shén me dōng xi 何（どんな物）を買いますか？
喝 hē 飲む	什麼 shén me	飲料 yǐn liào 飲み物	喝什麼飲料？ hē shén me yǐn liào 何（どんな飲み物）を飲みますか？

9 「真（ㄓㄣ）＋形容詞」（本当に～）

真（ㄓㄣ）高（ㄍㄠ）
zhēn gāo
本当に（高さが）高い

真（ㄓㄣ）矮（ㄞˇ）
zhēn ǎi
本当に低い

真（ㄓㄣ）美（ㄇㄟˇ）（麗（ㄌㄧˋ））
zhēn měi　（lì）
本当に美しい

真（ㄓㄣ）醜（ㄔㄡˇ）
zhēn chǒu
本当に醜い

10 「数詞＋量詞＋名詞」

(1)「数詞＋張＋名詞」（〜枚）

一張相片。

yì zhāng xiàng piàn

1枚の写真。

兩張紙。

liǎng zhāng zhǐ

2枚の紙。

(2)「数詞＋本＋名詞」（〜冊）

一本小説。

yì běn xiǎo shuō

1冊の小説。

兩本書。

liǎng běn shū

2冊の本。

11 「量詞（助数詞）一覧」
りょうし　　じょすうし　　いちらん

(1) 人数
にんずう

數詞	量詞	名詞
一ˊ yí	個˙ㄍㄜ ge	人ㄖㄣˊ rén

一ˊ個˙ㄍㄜ人ㄖㄣˊ。
yí　ge　rén
一人
ひとり

兩ㄌㄧㄤˇ liǎng	位ㄨㄟˋ wèi	客ㄎㄜˋ人ㄖㄣˊ kè　rén

兩ㄌㄧㄤˇ位ㄨㄟˋ客ㄎㄜˋ人ㄖㄣˊ。
liǎng wèi kè　rén
二人の客、二名の客
ふたり　きゃく　にめい　きゃく

(2) 動物の数

數詞	量詞	名詞
一ˋ yì	隻ㄓ zhī	貓ㄇㄠ māo

一ˋ 隻ㄓ 貓ㄇㄠ 。
yì zhī māo
一匹の猫

數詞	量詞	名詞
兩ㄌㄧㄤ liǎng	頭ㄊㄡ tóu	牛ㄋㄧㄡ niú

兩ㄌㄧㄤ頭ㄊㄡ牛ㄋㄧㄡ 。
liǎng tóu niú
二頭の牛

數詞	量詞	名詞
三ㄙㄢ sān	條ㄊㄧㄠ tiáo	魚ㄩˊ yú

三ㄙㄢ條ㄊㄧㄠ魚ㄩ 。
sān tiáo yú
三匹の魚

數詞	量詞	名詞
四ㄙˋ sì	匹ㄆㄧ pī	馬ㄇㄚˇ mǎ

四ㄙˋ匹ㄆㄧ馬ㄇㄚ 。
sì pī mǎ
四頭の馬

(3) 人、動物の器官の数
ひと　どうぶつ　きかん　かず

數詞	量詞	名詞
一 yí	個 ge	鼻子 bí zi

一個鼻子。
yí ge bí zi
一つの鼻
ひとつ　はな

| 兩
liǎng | 隻
zhī | 腳
jiǎo |

兩隻腳。
liǎng zhī jiǎo
二本の足
に ほん　あし

| 三
sān | 顆
kē | 牙齒
yá chǐ |

三顆牙齒。
sān kē yá chǐ
三本の歯
さんぼん　は

| 四
sì | 根
gēn | 頭髮
tóu fǎ |

四根頭髮。
sì gēn tóu fǎ
四本の髪の毛
よんぼん　かみ　け

(4) 果物の数

數詞	量詞	名詞
一ˊ yí	個˙ ge	蘋果 píng guǒ

一個蘋果。
yí ge píng guǒ
一個のりんご

兩ㄌㄧㄤˇ liǎng	根ㄍㄣ gēn	香蕉 xiāng jiāo

兩根香蕉。
liǎng gēn xiāng jiāo
二本のバナナ

三ㄙㄢ sān	粒ㄌㄧˋ lì	葡萄 pú táo

三粒葡萄。
sān lì pú táo
三粒のぶどう

(5) 植物の数
しょくぶつ かず

數詞	量詞	名詞
一ˋ yì	棵ㄎㄜ kē	樹ㄕㄨ shù

一ˋ棵ㄎㄜ樹ㄕㄨ。
yì kē shù
一本の木
いっぽん　き

兩ㄌㄧㄤ liǎng	朵ㄉㄨㄛ duǒ	花ㄏㄨㄚ huā

兩ㄌㄧㄤ朵ㄉㄨㄛ花ㄏㄨㄚ。
liǎng duǒ huā
二輪の花
にりん　はな

🎧 04-10

(6) 食べ物の数

數詞	量詞	名詞
一 yí	份 fèn	牛排 niú pái

一份牛排。

yí fèn niú pái

一人前のビーフステーキ

兩 liǎng	碗 wǎn	飯 fàn

兩碗飯。

liǎng wǎn fàn

二杯のご飯

三 sān	塊 kuài	蛋糕 dàn gāo

三塊蛋糕。

sān kuài dàn gāo

三個のケーキ

(7) 食器の数
しょっき かず

數詞	量詞	名詞
一 ˋ yì	雙 ㄕㄨㄤ shuāng	筷 ㄎㄨㄞˋ 子 ㄗ kuài zi

一 ˋ 雙 ㄕㄨㄤ 筷 ㄎㄨㄞˋ 子 ㄗ 。
yì shuāng kuài zi
一膳の箸
いちぜん　はし

兩 ㄌㄧㄤˇ liǎng	把 ㄅㄚˇ ／ 支 ㄓ bǎ　　zhī	湯 ㄊㄤ 匙 ㄔˊ tāng chí

兩 ㄌㄧㄤˇ 把 ㄅㄚˇ 湯 ㄊㄤ 匙 ㄔˊ 。
liǎng bǎ tāng chí
二本のスプーン
にほん

三 ㄙㄢ sān	支 ㄓ ／ 把 ㄅㄚˇ zhī　　bǎ	叉 ㄔㄚ 子 ㄗ chā zi

三 ㄙㄢ 支 ㄓ 叉 ㄔㄚ 子 ㄗ 。
sān zhī chā zi
三本のフォーク
さんぼん

🎵 04-11

(8) 服、装飾品の数

數詞	量詞	名詞
一ˊ yí	件ㄐㄧㄢˋ jiàn	衣ㄧ 服ㄈㄨˊ yī fú

一ˊ件ㄐㄧㄢˋ衣ㄧ服ㄈㄨˊ。
yí jiàn yī fú
一着の服、一枚の服

| 兩ㄌㄤˇ
liǎng | 隻ㄓ
zhī | 手ㄕㄡˇ 錶ㄅㄧㄠˇ
shǒu biǎo |

兩ㄌㄤˇ隻ㄓ手ㄕㄡˇ錶ㄅㄧㄠˇ。
liǎng zhī shǒu biǎo
二本の腕時計

| 三ㄙㄢ
sān | 條ㄊㄧㄠˊ
tiáo | 褲ㄎㄨˋ 子ㄗ˙
kù zi |

三ㄙㄢ條ㄊㄧㄠˊ褲ㄎㄨˋ子ㄗ˙。
sān tiáo kù zi
三本のズボン

| 四ㄙˋ
sì | 頂ㄉㄧㄥˇ
dǐng | 帽ㄇㄠˋ 子ㄗ˙
mào zi |

四ㄙˋ頂ㄉㄧㄥˇ帽ㄇㄠˋ子ㄗ˙。
sì dǐng mào zi
四個の帽子

五ˇ	枚ˊ	戒ˋ指ˇ
wǔ	méi	jiè zhi

五ˇ枚ˊ戒ˋ指ˇ。

wǔ méi jiè zhi

五個の指輪

(9) 乗り物の数

數詞	量詞	名詞
一ˊ yí	輛ㄌㄧㄤ liàng	車ㄔㄜ chē

一ˊ輛ㄌㄧㄤ車ㄔㄜ。
yí liàng chē
一台の 車

兩ㄌㄧㄤ liǎng	條ㄊㄧㄠ／艘ㄙㄠ tiáo　sāo	船ㄔㄨㄢ chuán

兩ㄌㄧㄤ條ㄊㄧㄠ船ㄔㄨㄢ。／兩ㄌㄧㄤ艘ㄙㄠ船ㄔㄨㄢ。
liǎng tiáo chuán　liǎng sāo chuán
二艘の船、二隻の船

三ㄙㄢ sān	架ㄐㄧㄚ jià	飛ㄈㄟ機ㄐㄧ fēi　jī

三ㄙㄢ架ㄐㄧㄚ飛ㄈㄟ機ㄐㄧ。
sān jià fēi jī
三機の飛行機

四ㄙ sì	列ㄌㄧㄝ liè	火ㄏㄨㄛ車ㄔㄜ hǔo chē

四ㄙ列ㄌㄧㄝ火ㄏㄨㄛ車ㄔㄜ。
sì liè hǔo chē
四本の列車

🔊 04-12

12 「文＋吧！」（～だろう、～しよう）

(1) 推測

那麼右邊是戲劇院吧？
nà me yòu biān shì xì jù yuàn ba
そうすると、右側は劇場（シアター）ですね？

電話在房間吧？
diàn huà zài fáng jiān ba
電話は部屋にあるでしょう？

(2) 提案

我們照幾張相吧！
wǒ men zhào jǐ zhāng xiàng ba
写真を何枚か撮りましょう！

我們搭計程車吧！
wǒ men dā jì chéng chē ba
タクシーに乗りましょう！

你喝一口水吧！
nǐ hē yì kǒu shuǐ ba
一口水を飲んで！

第05課

今天有什麼行程？
jīn tiān yǒu shén me xíng chéng

今日は何かスケジュールがありますか？

会話

♪ 05-1

這幾天的行程安排好了[1]嗎？ zhè jǐ tiān de xíng chéng ān pái hǎo le ma	ここ数日のスケジュールは手配できましたか？
今天我們遊覽陽明山。 jīn tiān wǒ men yóu lǎn yáng míng shān	今日私たちは陽明山を見物します。
今天星期幾？ jīn tiān xīng qí jǐ	今日は何曜日ですか？
今天星期五[2]。 jīn tiān xīng qí wǔ	今日は金曜日です。

下星期 參觀 台北 一零 xià xīng qí cān guān tái běi yī líng 一 大樓。 yī dà lóu	来週は台北１０１ビルを 見学します。
幾月 幾號³ 去動物園？ jǐ yuè jǐ hào qù dòng wù yuán	何月何日に動物園へ行き ますか？
五月 十九日 去動物園。 wǔ yuè shí jiǔ rì qù dòng wù yuán	５月１９日に動物園へ行 きます。
你們 在台北⁸ 待六天。 nǐ men zài tái běi dāi liù tiān	あなたたちは台北に６ 日間滞在します。
五月 二十一 日去台中。 wǔ yuè èr shí yī rì qù tái zhōng	５月２１日に台中へ行 きます。
有購物的¹⁰ 時間嗎？ yǒu gòu wù de shí jiān ma	ショッピングの時間はあ りますか？
有。 yǒu	あります。

83

単語

05-2

漢字	意味	漢字	意味
幾天 jǐ tiān	なんにち 何日	行程 xíng chéng	にってい 日程、スケジュール
安排 ān pái	てはい 手配する	好了 hǎo le	かんりょう 完了する
遊覽 yóu lǎn	ゆうらん けんがく 遊覧する、見学する	陽明山 yáng míng shān	ようめいさん 陽明山
星期 xīng qí	ようび しゅう かん 曜日、週（間）	星期五 xīng qí wǔ	きんようび 金曜日
下星期 xià xīng qí	らいしゅう 来週	大樓 dà lóu	ビル
月 yuè	がつ、げつ、つき 月	日／號 rì hào	にち 日
動物園 dòng wù yuán	どうぶつえん 動物園	待／停留 dāi tíng líu	たいざい 滞在する、とどまる
六天 liù tiān	むい か むい かかん 6 日、6 日間	購物 gòu wù	ショッピング、 か もの 買い物
時間 shí jiān	じかん 時間		

84

✱ 関連単語　　　　　　　　　　　🔊 05-3

□ 前⟨ㄑㄢˊ⟩ 天⟨ㄊㄧㄢ⟩ おととい
　qián tiān

□ 昨⟨ㄗㄨㄛˊ⟩ 天⟨ㄊㄧㄢ⟩ 昨日
　zuó tiān

□ 明⟨ㄇㄧㄥˊ⟩ 天⟨ㄊㄧㄢ⟩ 明日
　míng tiān

□ 後⟨ㄏㄡˋ⟩ 天⟨ㄊㄧㄢ⟩ 明後日
　hòu tiān

□ 上⟨ㄕㄤˋ⟩ 星⟨ㄒㄧㄥ⟩ 期⟨ㄑㄧˊ⟩ 先週
　shàng xīng qí

□ 這⟨ㄓㄜˋ⟩ 個⟨ㄍㄜ˙⟩ 月⟨ㄩㄝˋ⟩ 今月
　zhè ge yuè

□ 上⟨ㄕㄤˋ⟩ 個⟨ㄍㄜ˙⟩ 月⟨ㄩㄝˋ⟩ 先月
　shàng ge yuè

□ 下⟨ㄒㄧㄚˋ⟩ 個⟨ㄍㄜ˙⟩ 月⟨ㄩㄝˋ⟩ 来月
　xià ge yuè

文法説明

05-4

1 「動詞＋好ㄏㄠˇ了ㄌㄜ」（〜し終わった、できた）

做ㄗㄨㄛˋ好ㄏㄠˇ了ㄌㄜ。
zuò hǎo le
し終わりました。

準ㄓㄨㄣˇ備ㄅㄟˋ好ㄏㄠˇ了ㄌㄜ。
zhǔn bèi hǎo le
準備できました。

整ㄓㄥˇ理ㄌㄧˇ好ㄏㄠˇ了ㄌㄜ。
zhěng lǐ hǎo le
整理できました。

2 「星期＋数詞」（〜曜日）

今天星期一。
jīn tiān xīng qí yī
今日は月曜日です。

星期一 xīng qí yī	月曜日	星期二 xīng qí èr	火曜日
星期三 xīng qí sān	水曜日	星期四 xīng qí sì	木曜日
星期五 xīng qí wǔ	金曜日	星期六 xīng qí liù	土曜日
星期日 ／ xīng qí rì 星期天 xīng qí tiān	日曜日		

注目

* 日（ひ）をたずねるには、数詞の部分（ぶぶん）を幾（ㄐㄧ）に変更（へんこう）する。

今（ㄐㄧㄣ）天（ㄊㄧㄢ）星（ㄒㄧㄥ）期（ㄑㄧ）幾（ㄐㄧ）？
jīn tiān xīng qí jǐ
今日（きょう）は何曜日（なんようび）ですか？

明（ㄇㄧㄥ）天（ㄊㄧㄢ）幾（ㄐㄧ）月（ㄩㄝ）幾（ㄐㄧ）日（ㄖ）？
míng tiān jǐ yuè jǐ rì
明日（あした）は何月何日（なんがつなんにち）ですか？

後（ㄏㄡ）天（ㄊㄧㄢ）幾（ㄐㄧ）月（ㄩㄝ）幾（ㄐㄧ）號（ㄏㄠ）？
hòu tiān jǐ yuè jǐ hào
明後日（あさって）は何月何日（なんがつなんにち）ですか？

🔊05-5

3 「月の数詞＋月（ㄩㄝˋ）＋日の数詞＋日（ㄖˋ） / 號（ㄏㄠˋ）」（～月～日）

今（ㄐㄧㄣ）天（ㄊㄧㄢ）幾（ㄐㄧˇ）月（ㄩㄝˋ）幾（ㄐㄧˇ）日（ㄖˋ）？
jīn tiān jǐ yuè jǐ rì

＝ 今（ㄐㄧㄣ）天（ㄊㄧㄢ）幾（ㄐㄧˇ）月（ㄩㄝˋ）幾（ㄐㄧˇ）號（ㄏㄠˋ）？
jīn tiān jǐ yuè jǐ hào

今日は何月何日ですか？

今（ㄐㄧㄣ）天（ㄊㄧㄢ）一（ㄧ）月（ㄩㄝˋ）二（ㄦˋ）日（ㄖˋ）。
jīn tiān yī yuè èr rì

＝ 今（ㄐㄧㄣ）天（ㄊㄧㄢ）一（ㄧ）月（ㄩㄝˋ）二（ㄦˋ）號（ㄏㄠˋ）。
jīn tiān yī yuè èr hào

今日は 1 月 2 日です。

＊主に書面上で「日」が、口語で「號」が使われるが、二つとも使用可能。

＊中国語の年月日のは日本語と同じ（年＋月＋日）。例：2018 年 7 月 3 日

4 期間、期日の質問と答え

質問：	回答：
幾天？ jǐ tiān 何日（何日間）？	一天。 yì tiān 1日。
幾個星期？＝幾個 jǐ ge xīng qí　　　 jǐ ge 禮拜？＝幾週？ lǐ bài　　　 jǐ zhōu 何週（何週間）？	兩個星期。＝兩個 liǎng ge xīng qí　　　 liǎng ge 禮拜。＝兩週。 lǐ bài　　　 liǎng zhōu 2週（2週間）。
幾個月？ jǐ ge yuè 何か月（何か月間）？	三個月。 sān ge yuè 3か月（3か月間）。
幾月？ jǐ yuè 何月？	三月。 sān yuè 3月。
幾年？ jǐ nián 何年（何年間）？	四年。 sì nián 4年（4年間）。

🎧 05-6

5 「〜週間」と「〜か月」の場合、数詞の後に「個」を付ける

	正確（正）	錯誤（誤）
ろくしゅうかん 6 週間	六個星期 liù ge xīng qí	六星期
ご げつ 5 か月	五個月 wǔ ge yuè	五月

6 「〜日」、「〜週」、「〜年」の場合、数詞の後に「個」は付けない

	正確（正）	錯誤（誤）
いち にち 1 日	一天 yì tiān	一個天
いっしゅう 1 週	一週 yì zhōu	一個週
いち ねん 1 年	一年 yì nián	一個年

注目

＊「週<ruby>ㄓ<rt></rt></ruby><ruby>ㄡ<rt></rt></ruby>」＝「周<ruby>ㄓㄡ<rt></rt></ruby>」、どちらも使用可能<ruby>しょうかのう<rt></rt></ruby>

	正確（正）	正確（正）
3 週 さんしゅう	三ㄙㄢ週ㄓㄡ sān zhōu	三ㄙㄢ周ㄓㄡ sān zhōu

7 「2 ＋期間<ruby>きかん<rt></rt></ruby>」の場合<ruby>ばあい<rt></rt></ruby>、「兩ㄌㄧㄤˇ」を使<ruby>つか<rt></rt></ruby>う

	正確（正）	錯誤（誤）
2 日間 ふつかかん	兩ㄌㄧㄤˇ天ㄊㄧㄢ liǎng tiān	二ㄦˋ天ㄊㄧㄢ
2 週間 にしゅうかん	兩ㄌㄧㄤˇ個ㄍㄜˋ星ㄒㄧㄥ期ㄑㄧˊ liǎng ge xīng qí	二ㄦˋ個ㄍㄜˋ星ㄒㄧㄥ期ㄑㄧˊ
2 か月 にげつ	兩ㄌㄧㄤˇ個ㄍㄜˋ月ㄩㄝˋ liǎng ge yuè	二ㄦˋ個ㄍㄜˋ月ㄩㄝˋ
2 年 にねん	兩ㄌㄧㄤˇ年ㄋㄧㄢˊ liǎng nián	二ㄦˋ年ㄋㄧㄢˊ

🎧 05-7

8 「在＋場所」（〜にいる / ある）

你們在台北。

nǐ men zài tái běi

あなたたちは台北にいます。

他們在學校。

tā men zài xué xiào

彼らは学校にいます。

寶物在博物館。

bǎo wù zài bó wù guǎn

宝物は博物館にあります。

9 「在＋場所＋動詞」（〜で…をする）

他們在公園運動。

tā men zài gōng yuán yùn dòng

彼らは公園で運動をしています。

我們在博物館參觀。

wǒ men zài bó wù guǎn cān guān

私たちは博物館を見学しています。

10 「動詞＋名詞＋的」（～の）

有購物的時間嗎？
yǒu gòu wù de shí jiān ma
ショッピング（物を買う）の時間はありますか？

有睡覺的時間嗎？
yǒu shuì jiào de shí jiān ma
寝る（睡眠の）時間はありますか？

有吃飯的時間嗎？
yǒu chī fàn de shí jiān ma
食事（ご飯を食べる）の時間はありますか？

第06課

打電話
dǎ diàn huà
電話をかける

会話 🎵06-1

喂，請問[1]是八二二六一五三七九嗎？ wéi qǐng wèn shì bā èr èr liù wǔ sān qī jiǔ ma	もしもし、8226-5379 ですか？
對，請問你找誰[2]？ duì qǐng wèn nǐ zhǎo shéi	そうです、どなたをお探しですか？
林小姐在嗎？ lín xiǎo jiě zài ma	林さん（女性）はいらっしゃいますか？
我就[3]是[4]。您是哪位？ wǒ jiù shì nín shì nǎ wèi	私です。どちらさまですか？
我是美玲。 wǒ shì měi líng	私は美玲です。

我現在在飯店六〇一號房。 wǒ xiàn zài zài fàn diàn liù líng yī hào fáng	私は今ホテルの601号室にいます。
妳身體好嗎？ nǐ shēn tǐ hǎo ma	お元気ですか？（貴女の体はいいですか？）
很好5，謝謝。 hěn hǎo xiè xie	元気です（とてもいいです）、ありがとう。
妳現在工作忙嗎？ nǐ xiàn zài gōng zuò máng ma	今お仕事は忙しいですか？
我不忙。 wǒ bù máng	忙しくないです。
現在幾點？ xiàn zài jǐ diǎn	今何時ですか？
四點三十分7。 sì diǎn sān shí fēn	4時30分です。
那麼我們七點去。 nà me wǒ men qī diǎn qù	では私たちは7時に行きます。
好，晚上見8。 hǎo wǎn shàng jiàn	はい、夜会いましょう。

96

単語

🔊 06-2

喂 ㄨㄟ wéi	もしもし	問 ㄨㄣ wèn	問う（と）、尋ねる（たず）
對 ㄉㄨㄟ duì	そうだ、正しい（ただ）	找 ㄓㄠ zhǎo	探す（さが）
誰 ㄕㄟ shéi	誰（だれ）	就是 ㄐㄧㄡ ㄕ jiù shì	その通りだ（とお）
哪位 ㄋㄚ ㄨㄟ nǎ wèi	どなた	現在 ㄒㄧㄢ ㄗㄞ xiàn zài	今（いま）、現在（げんざい）
飯店 ㄈㄢ ㄉㄧㄢ fàn diàn	ホテル	身體 ㄕㄣ ㄊㄧ shēn tǐ	体（からだ）
很好 ㄏㄣ ㄏㄠ hěn hǎo	とてもいい	謝謝 ㄒㄧㄝ ㄒㄧㄝ xiè xie	ありがとう
工作 ㄍㄨㄥ ㄗㄨㄛ gōng zuò	仕事（しごと）	忙 ㄇㄤ máng	忙しい（いそが）
幾點 ㄐㄧ ㄉㄧㄢ jǐ diǎn	何時（なんじ）	晚上 ㄨㄢ ㄕㄤ wǎn shàng	夜（よる）
見 ㄐㄧㄢ jiàn	見る（み）、会う（あ）		

✳ 関連単語 ♪06-3

☐ 早上 <ruby>朝<rt>あさ</rt></ruby>
zǎo shàng

☐ 上午 <ruby>午前<rt>ごぜん</rt></ruby>
shàng wǔ

☐ 中午 <ruby>昼<rt>ひる</rt></ruby>
zhōng wǔ

☐ 下午 <ruby>午後<rt>ごご</rt></ruby>
xià wǔ

文法説明 ♪06-4

1 「請問～？」（お<ruby>尋<rt>たず</rt></ruby>ねしますが、～？）

請問你是陳美玲小姐嗎？
qǐng wèn nǐ　shì　chén měi líng xiǎo jiě　ma
お<ruby>尋<rt>たず</rt></ruby>ねしますが、<ruby>陳美玲<rt>ちん み れい</rt></ruby>さんですか？

請問今天星期幾？
qǐng wèn jīn　tiān xīng qí　　jǐ
すみません、<ruby>今日<rt>きょう</rt></ruby>は<ruby>何曜日<rt>なんようび</rt></ruby>ですか？

請問你是誰？
qǐng wèn nǐ　shì　shéi
すみません、どちらさまですか（あなたは<ruby>誰<rt>だれ</rt></ruby>ですか）？

2 「找＋名詞」（〜を探す）

找錢。

zhǎo qián

釣り銭を出す。

找人。

zhǎo rén

人を探す（連絡する、訪ねる、誘う、頼みに行くなど）。

找東西。

zhǎo dōng xi

物を探す。

🎵 06-5

3「就ㄐㄧㄡ〜」

(1) 強い肯定

就ㄐㄧㄡ是ㄕ
jiù shì
〜である

就ㄐㄧㄡ對ㄉㄨㄟ了ㄌㄜ
jiù duì le
そうである

(2) すぐに〜

就ㄐㄧㄡ到ㄉㄠ
jiù dào
すぐに到着する

就ㄐㄧㄡ去ㄑㄩ
jiù qù
すぐに行く

(3) ただ〜だけが…

就ㄐㄧㄡ剩ㄕㄥ下ㄒㄧㄚ蘋ㄆㄧㄥ果ㄍㄨㄛ
jiù shèng xià píng guǒ
りんごだけ残っている

我ㄨㄛ就ㄐㄧㄡ要ㄧㄠ這ㄓㄜ個ㄍㄜ
wǒ jiù yào zhè ge
私はこれだけ欲しい

4 「～就是…」（～がまさに…）

她就是林小姐。

tā jiù shì lín xiǎo jiě

彼女がまさに林さんです。

我就是你的老師。

wǒ jiù shì nǐ de lǎo shī

私がまさにあなたの先生です。

5 「很＋形容詞」（とても～）

很棒。

hěn bàng

とてもすごい。

很差。

hěn chà

とても劣っている。

很快。

hěn kuài

とても速い。

很熱。

hěn rè

とても熱い（暑い）。

101

6 「代 (名) 詞＋很ㄣ / 好ㄠ＋形容詞」（〜はとても…）

我ㄨㄛ身ㄕㄣ體ㄊㄧ很ㄣ好ㄠ。

wǒ shēn tǐ　hěn hǎo

私は元気です（私の体はとても健康です）。

這ㄓㄜ東ㄉㄨㄥ西ㄒㄧ好ㄠ美ㄇㄟ。

zhè dōng xi　hǎo měi

これはとてもきれいです（この物はとても美しいです）。

這ㄓㄜ房ㄈㄤ間ㄐㄧㄢ好ㄠ大ㄉㄚ。

zhè fáng jiān hǎo dà

この部屋はとても広い（大きい）です。

7 時間の表現

(1)「～點（整）」（～時ちょうど）

一點 yì diǎn 1時	一點整 yì diǎn zhěng 1時ちょうど
兩點 liǎng diǎn 2時	兩點整 liǎng diǎn zhěng 2時ちょうど
十九點 shí jiǔ diǎn 19時	十九點整 shí jiǔ diǎn zhěng 19時ちょうど

(2)「～點…分」（～時…分）

一點十三分 yì diǎn shí sān fēn 1時13分	兩點二十分 liǎng diǎn èr shí fēn 2時20分
三點三十四分 sān diǎn sān shí sì fēn 3時34分	十八點五十分 shí bā diǎn wǔ shí fēn 18時50分

(3) 「～點ㄉㄧㄢˇ三ㄙㄢ十ㄕˊ分ㄈㄣ」（～時 30 分）、
　　「～點ㄉㄧㄢˇ半ㄅㄢˋ」（～時半）

三ㄙㄢ點ㄉㄧㄢˇ三ㄙㄢ十ㄕˊ分ㄈㄣ sān diǎn sān shí fēn 3 時 30 分	三ㄙㄢ點ㄉㄧㄢˇ半ㄅㄢˋ sān diǎn bàn 3 時半
八ㄅㄚ點ㄉㄧㄢˇ三ㄙㄢ十ㄕˊ分ㄈㄣ bā diǎn sān shí fēn 8 時 30 分	八ㄅㄚ點ㄉㄧㄢˇ半ㄅㄢˋ bā diǎn bàn 8 時半

8 「時間＋見ㄐㄧㄢˋ」（～に会う、～に会おう）

三ㄙㄢ點ㄉㄧㄢˇ見ㄐㄧㄢˋ。

sān diǎn jiàn

3 時に会います（会いましょう）。

明ㄇㄧㄥˊ天ㄊㄧㄢ見ㄐㄧㄢˋ。

míng tiān jiàn

明日会います（会いましょう）。

第 **07** 課

你要去哪裡？
nǐ yào qù nǎ lǐ

あなたはどこに行きたいですか？

会話 ♪07-1

請問，這火車往哪裡？ qǐng wèn zhè huǒ chē wǎng nǎ lǐ	すみません、この電車はどこに行きますか？
往[1] 台北車站。 wǎng tái běi chē zhàn	台北駅に行きます。
你要到哪裡？ nǐ yào dào nǎ lǐ	どこに行きたいですか？
我要到醫院。 wǒ yào dào yī yuàn	病院に行きたいです。
你可以[3] 坐這一班車。 nǐ kě yǐ zuò zhè yì bān chē	この電車に乗ればいいですよ。
在第六站[5] 下車。 zài dì liù zhàn xià chē	6つ目の駅で降ります。

從車站走到醫院有多遠[6]？ cóng chē zhàn zǒu dào yī yuàn yǒu duō yuǎn	駅から病院までどのくらい（の距離）ですか？
大約走五分鐘[7]吧！ dà yuē zǒu wǔ fēn zhōng ba	徒歩5分位でしょう！
下車以後往哪裡？ xià chē yǐ hòu wǎng nǎ lǐ	電車を降りたらどの方向に行きますか？
往右走。 wǎng yòu zǒu	右方向に行きます（歩きます）。
要轉彎嗎[9]？ yào zhuǎn wān ma	角を曲がりますか？
在第二個[11]路口向左轉[12]就到了。 zài dì èr ge lù kǒu xiàng zuǒ zhuǎn jiù dào le	2つ目の交差点で左に曲がればすぐに着きますよ。
謝謝你。 xiè xie nǐ	ありがとうございました。

単語

07-2

火車 huǒ chē	電車	醫院 yī yuàn	病院
坐／搭 zuò dā	乗る	班 bān（量詞）(liàng cí)	クラス、便（クラスや交通機関に使う量詞）
車 chē	車（自動車、電車、バスなど）	第六 dì liù	6 番目
站 zhàn	駅	下車 xià chē	車（電車、バス）を降りる
從 cóng（介詞）(jiè cí)	～から	走 zǒu	歩く
到 dào（介詞）(jiè cí)	～まで、～に行く・来る	多遠 duō yuǎn	どのくらい遠い
大約 dà yuē	およそ、大体、～位	以後 yǐ hòu	それより後

往 ㄨㄤˇ wǎng	～の方向へ、～に 行く	右 ㄧㄡˋ yòu	右
轉 ㄓㄨㄢˇ zhuǎn	方向を変える	彎 ㄨㄢ wān	曲がる
個 ㄍㄜˋ ge （量 ㄌㄧㄤˋ 詞 ㄘˊ） (liàng cí)	個（最も広く用 いられる量詞）	路 ㄌㄨˋ 口 ㄎㄡˇ lù kǒu	交差点、分かれ道
向 ㄒㄧㄤˋ xiàng	～の方向へ、～に 向かう	可 ㄎㄜˇ 以 ㄧˇ kě yǐ	できる

❋ 関連単語　　　　　　　　🎵 07-3

- 公共汽車 バス
  gōng gòng qì chē
  （公車）
  (gōng chē)

- 近 近い
  jìn

- 往回走 引き返す
  wǎng huí zǒu

- 對面 向かい側
  duì miàn

- 銀行 銀行
  yín háng

- 上車 車（電車、バス）に乗る
  shàng chē

- 走過頭 行き過ぎる
  zǒu guò tóu

- 死巷 袋小路
  sǐ xiàng

- 郵局 郵便局
  yóu jú

文法説明　🔊07-4

1 介詞「從ㄘㄨㄥ」、「到ㄉㄠ」、「往ㄨㄤ」、「向ㄒㄧㄤ」、「在ㄗㄞ」の説明

從ㄘㄨㄥ cóng 〜から	妳ㄋㄧ 從ㄘㄨㄥ 哪ㄋㄚ 裡ㄌㄧ 來ㄌㄞ？ nǐ cóng nǎ lǐ lái あなたはどこから来ましたか？ 我ㄨㄛ 從ㄘㄨㄥ 台ㄊㄞ 灣ㄨㄢ 來ㄌㄞ。 wǒ cóng tái wān lái 私は台湾から来ました。
到ㄉㄠ dào 〜まで 〜に行く	我ㄨㄛ 要ㄧㄠ 到ㄉㄠ 銀ㄧㄣ 行ㄏㄤ。 wǒ yào dào yín háng 私は銀行に行きたいです。 他ㄊㄚ 要ㄧㄠ 到ㄉㄠ 郵ㄧㄡ 局ㄐㄩ。 tā yào dào yóu jú 彼は郵便局に行きたいです。

往ㄨㄤˇ wǎng 〜の方向へ 〜に行く	往ㄨㄤˇ右ㄧㄡˋ走ㄗㄡˇ。 wǎng yòu zǒu 右方向に歩きます。 下ㄒㄧㄚˋ車ㄔㄜ往ㄨㄤˇ左ㄗㄨㄛˇ走ㄗㄡˇ。 xià chē wǎng zuǒ zǒu 車（電車、バス）を降りて左方向に歩きます。
向ㄒㄧㄤˋ xiàng 〜の方向へ 〜に向かう	我ㄨㄛˇ們ㄇㄣ˙向ㄒㄧㄤˋ東ㄉㄨㄥ走ㄗㄡˇ。 wǒ men xiàng dōng zǒu 私たちは東の方向に歩きます。 妳ㄋㄧˇ向ㄒㄧㄤˋ前ㄑㄧㄢˊ走ㄗㄡˇ。 nǐ xiàng qián zǒu あなたは前に向かって歩きます。
在ㄗㄞˋ zài （場所）で	在ㄗㄞˋ哪ㄋㄚˇ裡ㄌㄧˇ下ㄒㄧㄚˋ車ㄔㄜ？ zài nǎ lǐ xià chē どこで下車しますか？ 在ㄗㄞˋ郵ㄧㄡˊ局ㄐㄩˊ下ㄒㄧㄚˋ車ㄔㄜ。 zài yóu jú xià chē 郵便局で下車します。

111

🎧07-5

2 「不ㄅㄨ往ㄨㄤ / 不ㄅㄨ到ㄉㄠ＋名詞＋動詞」（～の方向に…しない）

他ㄊㄚ們ㄇㄣ不ㄅㄨ往ㄨㄤ百ㄅㄞ貨ㄏㄨㄛ公ㄍㄨㄥ司ㄙ走ㄗㄡ。

tā men bù wǎng bǎi huò gōng sī zǒu

彼らはデパートの方向に歩きません。

我ㄨㄛ們ㄇㄣ不ㄅㄨ到ㄉㄠ公ㄍㄨㄥ園ㄩㄢ去ㄑㄩ。

wǒ men bú dào gōng yuán qù

私たちは公園に行きません。

3 「可以＋動詞＋（名詞）」（〜できる）

(1) 可能

我 可 以 坐。

wǒ　kě　yǐ　zuò

私は乗る（座る）ことができます。

我 可 以 坐 公 車。

wǒ kě　yǐ　zuò gōng chē

私はバスに乗ることができます。

(2) 許可

他 可 以 吃。

tā　kě　yǐ　chī

彼は食べることができます。

他 可 以 吃 糖 果。

tā　kě　yǐ　chī táng guǒ

彼は飴を食べることができます。

4 「可ㄎㄜˇ不ㄅㄨˋ可ㄎㄜˇ以ˇ＋動詞＋（名詞）？」（〜してもいいか？）

我ㄨㄛˇ 可ㄎㄜˇ 不ㄅㄨˋ 可ㄎㄜˇ 以ˇ 坐ㄗㄨㄛˋ ？

wǒ kě bù kě yǐ zuò

私は乗っても（座っても）いいですか？

我ㄨㄛˇ 可ㄎㄜˇ 不ㄅㄨˋ 可ㄎㄜˇ 以ˇ 坐ㄗㄨㄛˋ 公ㄍㄨㄥ 車ㄔㄜ ？

wǒ kě bù kě yǐ zuò gōng chē

私はバスに乗ってもいいですか？

他ㄊㄚ 可ㄎㄜˇ 不ㄅㄨˋ 可ㄎㄜˇ 以ˇ 吃ㄔ ？

tā kě bù kě yǐ chī

彼は食べてもいいですか？

他ㄊㄚ 可ㄎㄜˇ 不ㄅㄨˋ 可ㄎㄜˇ 以ˇ 吃ㄔ 糖ㄊㄤ 果ㄍㄨㄛˇ ？

tā kě bù kě yǐ chī táng guǒ

彼は飴を食べてもいいですか？

5 「第＋數詞＋量詞～」（～目は…）

第二杯七折。
dì èr bēi qī zhé
2杯目は3割引です。

第三件半價。
dì sān jiàn bàn jià
3着（個）目は半額です。

第四次免費。
dì sì cì miǎn fèi
4回目は無料です。

6 「長」、「高」、「遠」

長 cháng 長い	這東西有多長？ zhè dōng xi yǒu duō cháng これはどれくらいの長さですか？ 這東西有三十公分長。 zhè dōng xi yǒu sān shí gōng fēn cháng これは３０センチの長さがあります。
高 gāo （高さが）高い	這建築物有多高？ zhè jiàn zhú wù yǒu duō gāo この建物はどれくらいの高さですか？ 這建築物有五十公尺高。 zhè jiàn zhú wù yǒu wǔ shí gōng chǐ gāo この建物は５０メートルの高さがあります。
遠 yuǎn 遠い	從這裡到醫院有多遠？ cóng zhè lǐ dào yī yuàn yǒu duō yuǎn ここから病院までどのくらいの距離（遠い）ですか？ 從這裡到醫院有一公里遠。 cóng zhè lǐ dào yī yuàn yǒu yī gōng lǐ yuǎn ここから病院まで１キロの距離です。

7 時間（じかん）

幾個小時？ jǐ ge xiǎo shí ＝ 幾個鐘頭？ jǐ ge zhōng tóu 何時間（なんじかん）？	幾分鐘？ jǐ fēn zhōng 何分（なんぷん）？
一個小時。 yí ge xiǎo shí ＝ 一個鐘頭。 yí ge zhōng tóu １時間（いちじかん）。	一分鐘。 yì fēn zhōng １分（いっぷん）。
兩個小時。 liǎng ge xiǎo shí ＝ 兩個鐘頭。 liǎng ge zhōng tóu ２時間（にじかん）。	兩分鐘。 liǎng fēn zhōng ２分（にふん）。
半個小時。 bàn ge xiǎo shí ＝ 半個鐘頭。 bàn ge zhōng tóu ３０分（さんじゅっぷん）。	十五分鐘。 shí wǔ fēn zhōng １５分（じゅうごふん）。

兩個半小時。
liǎng ge bàn xiǎo shí
＝ 兩個半鐘頭。
liǎng ge bàn zhōng tóu
2時間半。

三十分鐘。
sān shí fēn zhōng
30分。

注目

＊「小時」＝「鐘頭」どちらも使用可能

8 「動詞＋時間」（時間〜する） 🎧 07-8

運動半個小時。
yùn dòng bàn ge xiǎo shí
30分運動します。

遲到十分鐘。
chí dào shí fēn zhōng
10分遅刻します。

9 「要＋動詞＋（名詞）＋嗎？」（～をしたいか？～をしなければならないか？）

要走嗎？

yào zǒu ma

歩きたいですか（歩かなければいけませんか）？

要走路嗎？

yào zǒu lù ma

道を歩きたいですか（道を歩かなければいけませんか）？

要下嗎？

yào xià ma

降りたいですか（降りなければいけませんか）？

要下車嗎？

yào xià chē ma

車を降りたいですか（車を降りなければいけませんか）？

要喝嗎？

yào hē ma

飲みたいですか（飲まなければいけませんか）？

要喝水嗎？

yào hē shuǐ ma

水を飲みたいですか（水を飲まなければいけませんか）？

🎧 07-9

10 「在 ㄗㄞ ＋ 場所 ＋ 下 ㄒㄧㄚ 車 ㄔㄜ 」（〜で下車 げしゃ する）

在 ㄗㄞ 學 ㄒㄩㄝ 校 ㄒㄧㄠ 下 ㄒㄧㄚ 車 ㄔㄜ 。

zài xué xiào xià chē

学校 がっこう で下車 げしゃ します。

在 ㄗㄞ 下 ㄒㄧㄚ 一 個 ㄍㄜ 路 ㄌㄨ 口 ㄎㄡ 下 ㄒㄧㄚ 車 ㄔㄜ 。

zài xià yí ge lù kǒu xià chē

次 つぎ の分 わ かれ道 みち で車 くるま を降 お ります。

11 「序数 ＋ 単位」（〜番目 ばんめ の…）

第 ㄉㄧ 一 名 ㄇㄧㄥ

dì yī míng

第一位 だいいちい 、第一人者 だいいちにんしゃ

第 ㄉㄧ 二 ㄦ 位 ㄨㄟ

dì èr wèi

第二位 だいにい 、二番目 にばんめ

第 ㄉㄧ 三 ㄙㄢ 排 ㄆㄞ

dì sān pái

三列目 さんれつめ

第 ㄉㄧ 四 ㄙ 天 ㄊㄧㄢ

dì sì tiān

四日目 よっかめ

第 ㄉㄧ 五 ㄨ 桌 ㄓㄨㄛ

dì wǔ zhuō

五卓目 ごたくめ

12 「向[ㄒㄧㄤ]＋方向＋轉[ㄓㄨㄢˇ]」（～の方向[ほうこう]に曲[ま]がる）

向[ㄒㄧㄤ]右[ㄧㄡˋ]轉[ㄓㄨㄢˇ]

xiàng yòu zhuǎn

右[みぎ]（の方向[ほうこう]）に曲[ま]がる

向[ㄒㄧㄤ]左[ㄗㄨㄛˇ]轉[ㄓㄨㄢˇ]

xiàng zuǒ zhuǎn

左[ひだり]（の方向[ほうこう]）に曲[ま]がる

向[ㄒㄧㄤ]後[ㄏㄡˋ]轉[ㄓㄨㄢˇ]

xiàng hòu zhuǎn

後[うし]ろ（の方向[ほうこう]）に曲[ま]がる

＊例外[れいがい]：「迴[ㄏㄨㄟˊ]轉[ㄓㄨㄢˇ] huí zhuǎn（回転[かいてん]する）」は「向[ㄒㄧㄤ]迴[ㄏㄨㄟˊ]轉[ㄓㄨㄢˇ] xiàng huí zhuǎn」とは言[い]わない

第08課

到郵局
dào yóu jú
郵便局に行く

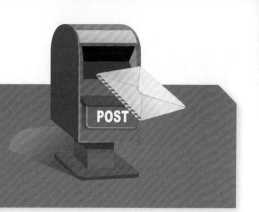

会話 🎧 08-1

你好，寄信是在這個窗口嗎？ nǐ hǎo jì xìn shì zài zhè ge chuāng kǒu ma	こんにちは、手紙の郵送はこの窓口ですか？
對，請先抽號碼牌。 duì qǐng xiān chōu hào mǎ pái	そうです、先に番号札をお取りください。
好。 hǎo	はい。
一百三十六號請到五號櫃檯[1]。 yì bǎi sān shí liù hào qǐng dào wǔ hào guì tái	136番、5番のカウンターにお越しください。

你要寄到哪裡？ nǐ yào jì dào nǎ lǐ	どこに送りますか？
日本。請問（需）要 rì běn qǐng wèn (xū) yào 幾天呢？ jǐ tiān ne	日本です。お尋ねしますが、 何日かかりますか？
航空函件（需）要七 háng kōng hán jiàn (xū) yào qī 天。水陸函件（需） tiān shuǐ lù hán jiàn (xū) 要三個禮拜左右。 yào sān ge lǐ bài zuǒ yòu	エアメールは 7 日かかります。 船便は約 3 週間かかります。
那麼，我要寄航空 nà me wǒ yào jì háng kōng 信。請看一看我貼 xìn qǐng kàn yí kàn wǒ tiē 的郵資對不對？ de yóu zī duì bú duì	では、エアメールを送ります。 貼り付けた郵送料が正しいか 見てください。
要掛號嗎？ yào guà hào ma	書留にしますか？

不ㄅㄨ要ㄧㄠ掛ㄍㄨㄚ號ㄏㄠ。寄ㄐㄧ包ㄅㄠ裹ㄍㄨㄛ也ㄧㄝ在ㄗㄞ這ㄓㄜ裡ㄌㄧ嗎ㄇㄚ？ bú yào guà hào　jì bāo guǒ yě zài zhè lǐ ma	書留にしません。小包送付もここですか？
是ㄕ的ㄉㄜ。 shì de	そうです。
有ㄧㄡ賣ㄇㄞ箱ㄒㄧㄤ子ㄗ嗎ㄇㄚ[5]？ yǒu mài xiāng zi ma	箱を売っていますか？
有ㄧㄡ，你ㄋㄧ要ㄧㄠ買ㄇㄞ幾ㄐㄧ號ㄏㄠ箱ㄒㄧㄤ子ㄗ？ yǒu　nǐ yào mǎi jǐ hào xiāng zi	あります、何番の箱を買いますか？
我ㄨㄛ不ㄅㄨ清ㄑㄧㄥ楚ㄔㄨ。我ㄨㄛ要ㄧㄠ裝ㄓㄨㄤ這ㄓㄜ個ㄍㄜ物ㄨ品ㄆㄧㄣ。 wǒ bù qīng chǔ　wǒ yào zhuāng zhè ge wù pǐn	よくわかりません。これ（この物品）を入れたいです。

124

二號箱就可以了。
èr hào xiāng jiù kě yǐ le
含郵資八十元。
hán yóu zī bā shí yuán

2番の箱でいいですね。
郵便料金を含めて８０元です。

請問存款在哪裡辦理？
qǐng wèn cún kuǎn zài nǎ lǐ bàn lǐ

すみません、預金はどちらで取り扱っていますか？

你去二樓第一個窗口辦理6吧。
nǐ qù èr lóu dì yī ge chuāng kǒu bàn lǐ ba

2階の1つめの窓口で処理してください。

好，謝謝。
hǎo xiè xie

はい、ありがとうございます。

単語

08-2

寄 jì	送る、郵送する	信 xìn	手紙
窗口 chuāng kǒu	窓口	抽 chōu	引き出す
號碼牌 hào mǎ pái	番号札	櫃檯 guì tái	カウンター
哪裡 nǎ lǐ	どこ	日本 rì běn	日本
航空信、 háng kōng xìn 航空函件 háng kōng hán jiàn	エアメール、 航空便	水陸函件 shuǐ lù hán jiàn	船便
（需）要 (xū) yào	必要	左右 zuǒ yòu	約、ぐらい
看 kàn	見る	貼 tiē	貼る
對不對 duì bú duì	正しいですか？正しいかどうか	掛號 guà hào	登録する、手続きする、書留にする

不用 bú yòng	必要ない	包裹 bāo guǒ	小包
賣 mài	売る	箱子 xiāng zi	箱
買 mǎi	買う	清楚 qīng chǔ	よく知っている
裝 zhuāng	詰め込む	物品 wù pǐn	物品、品物
可以 kě yǐ	できる、～してもよい、よろしい	含 hán	含む
存款 cún kuǎn	預金する	辦理 bàn lǐ	取り扱う、処理する
第一個 dì yī ge	最初の一つ、一つ目		

127

✳ 関連単語　　　　　🎵 08-3

□ 平ㄆㄧㄥ信ㄒㄧㄣ 普通郵便
　píng xìn

□ 地ㄉㄧ址ㄓ 住所
　dì zhǐ

□ 收ㄕㄡ件ㄐㄧㄢ人ㄖㄣ 受取人
　shōu jiàn rén

□ 郵ㄧㄡ遞ㄉㄧ區ㄑㄩ號ㄏㄠ 郵便番号
　yóu dì qū hào

□ 郵ㄧㄡ差ㄔㄞ 郵便配達人
　yóu chāi

□ 膠ㄐㄧㄠ水ㄕㄨㄟ のり
　jiāo shuǐ

□ 提ㄊㄧ款ㄎㄨㄢ 預金を引き出す、お金を下ろす
　tí kuǎn

□ 轉ㄓㄨㄢ帳ㄓㄤ 振り込み、振り替え
　zhuǎn zhàng

□ 郵ㄧㄡ票ㄆㄧㄠ 切手
　yóu piào

□ 電ㄉㄧㄢ話ㄏㄨㄚ 電話
　diàn huà

□ 寄ㄐㄧ件ㄐㄧㄢ人ㄖㄣ 差出人
　jì jiàn rén

□ 限ㄒㄧㄢ時ㄕ信ㄒㄧㄣ 速達
　xiàn shí xìn

□ 膠ㄐㄧㄠ帶ㄉㄞ セロハンテープ
　jiāo dài

□ 繩ㄕㄥ子ㄗ ひも
　shéng zi

□ 密ㄇㄧ碼ㄇㄚ パスワード
　mì mǎ

□ 匯ㄏㄨㄟ款ㄎㄨㄢ 送金する
　huì kuǎn

文法説明　　　　　　　　　　　　　　　🎵 08-4

1 「到ㄉㄠ＋場所」（〜に到着する、〜へ行く）

到ㄉㄠ 客ㄎㄜ 廳ㄊㄧㄥ 。

dào　kè　tīng

応接間に着く。

到ㄉㄠ 郵ㄧㄡ 局ㄐㄩ 。

dào　yóu　jú

郵便局に到着する。

到ㄉㄠ 那ㄋㄚ 裏ㄌㄧ 。

dào　nà　　lǐ

（あ）そこに行く。

2 「寄ㄐㄧ 到ㄉㄠ＋場所」（〜に郵送する）

寄ㄐㄧ 到ㄉㄠ 日ㄖ 本ㄅㄣ 。　　　　寄ㄐㄧ 到ㄉㄠ 我ㄨㄛ 家ㄐㄧㄚ 。

jì　dào　rì　běn　　　　jì　dào　wǒ　jiā

日本に郵送します。　　　　私の家に郵送します。

129

3 「要」（〜したい、〜なければならない）と「不要」

（〜したくない、してはいけない、必要としていない）

(1) 肯定の「要」（〜したい、〜なければならない）

我要買郵票。

wǒ yào mǎi yóu piào

私は切手を買いたいです（買わなければなりません）。

我要到車站。

wǒ yào dào chē zhàn

私は駅に行きたいです（行かなければなりません）。

我要吃炒麵。

wǒ yào chī chǎo miàn

私は焼きそばが食べたいです。

(2) 否定の「不要」（〜したくない、してはいけない、必要としていない）

我不要郵票。
wǒ bú yào yóu piào
私は切手はいりません。

我不要到車站。
wǒ bú yào dào chē zhàn
私は駅に行きたくないです。

我不要吃炒麵。
wǒ bú yào chī chǎo miàn
私は焼きそばを食べたくないです。

(3) 「要不要〜？」（〜したいか、〜する？）

你要不要買郵票？
nǐ yào bú yào mǎi yóu piào
切手を買いますか？

你要不要到車站？
nǐ yào bú yào dào chē zhàn
駅へ行きたいですか？

你要不要吃炒麵？
nǐ yào bú yào chī chǎo miàn
焼きそばを食べる？

🎧08-5

4 「動詞＋（一ˊ/一˙）＋動詞」＝「動詞＋動詞＋看ㄎㄢˋ」（～してみる）

請ㄑㄧㄥˇ試ㄕˋ一ˊ試ㄕˋ。 ＝ 請ㄑㄧㄥˇ試ㄕˋ試ㄕˋ看ㄎㄢˋ。

qǐng shì yí shì   qǐng shì shì kàn

試（ため）してみてください。

秤ㄔㄥˋ一ˊ秤ㄔㄥˋ多ㄉㄨㄛ少ㄕㄠˇ錢ㄑㄧㄢˊ？ ＝ 秤ㄔㄥˋ秤ㄔㄥˋ看ㄎㄢˋ多ㄉㄨㄛ少ㄕㄠˇ錢ㄑㄧㄢˊ？

chèng yí chèng duō shǎo qián   chèng chèng kàn duō shǎo qián

いくら（値段（ねだん））かはかってみて。

量ㄌㄧㄤˊ一ˊ量ㄌㄧㄤˊ幾ㄐㄧˇ公ㄍㄨㄥ斤ㄐㄧㄣ？ ＝ 量ㄌㄧㄤˊ量ㄌㄧㄤˊ看ㄎㄢˋ幾ㄐㄧˇ公ㄍㄨㄥ斤ㄐㄧㄣ？

liáng yì liáng jǐ gōng jīn   liáng liáng kàn jǐ gōng jīn

何（なん）キロ（グラム）かはかってみて。

5 「有賣＋名詞＋嗎？」（〜を売っているか？）

有賣郵票嗎？
yǒu mài yóu piào ma
切手を売っていますか？

有賣信封嗎？
yǒu mài xìn fēng ma
封筒を売っていますか？

有賣明信片嗎？
yǒu mài míng xìn piàn ma
はがきを売っていますか？

6 「去＋名詞＋動詞」（〜に行って…する）

你去窗口辦理吧。
nǐ qù chuāng kǒu bàn lǐ ba
窓口に行って処理してください。

我去郵局寄信。
wǒ qù yóu jú jì xìn
私は郵便局に行って手紙を出します。

我去超商買東西。
wǒ qù chāo shāng mǎi dōng xi
私はコンビニに行って物を買います。

第09課

訪問
fǎng wèn
ほうもん
訪問

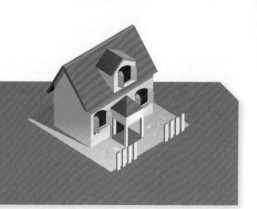

会話

09-1

有人在嗎？ yǒu rén zài ma	どなたかいらっしゃいますか？
請進（來），歡迎你。 qǐng jìn （lái） huān yíng nǐ	どうぞお入りください、ようこそいらっしゃいました。
不好意思，打擾了。 bù hǎo yì si dǎ rǎo le	すみません、お邪魔します。
哪裡，哪裡。我們正在等[1]你呢！ nǎ lǐ nǎ lǐ wǒ men zhèng zài děng nǐ ne	いいえ、いいえ。（私達は）ちょうどあなたを待っていたところです！

請坐，請喝茶。
qǐng zuò qǐng hē chá

どうぞおかけください、お茶をどうぞ。

謝謝！
xiè xie

ありがとうございます！

你吃飯了沒有²？
nǐ chī fàn le méi yǒu

ご飯を食べましたか？

我們正在包水餃。
wǒ men zhèng zài bāo shuǐ jiǎo

（私達は）ちょうど水餃子を作って（包んで）いるところです。

跟³我們一起吃吧！
gēn wǒ men yì qǐ chī ba

私たちと一緒に食べましょう！

我已經吃飽了⁴。
wǒ yǐ jīng chī bǎo le

もうお腹いっぱいです。

不要⁵客氣！
bú yào kè qì

遠慮しないで！

単語

🎵 09-2

人 ㄖㄣˊ rén	人 （ひと）	進 ㄐㄧㄣˋ（來 ㄌㄞˊ） jìn　　(lái)	入る（入ってくる） （はい）　（はい）
歡 迎 ㄏㄨㄢ ㄧㄥˊ huān yíng	歓迎する （かんげい）	打 擾 ㄉㄚˇ ㄖㄠˇ dǎ rǎo	邪魔をする （じゃま）
等 ㄉㄥˇ děng	待つ （ま）	坐 ㄗㄨㄛˋ zuò	座る （すわ）
喝 ㄏㄜ hē	飲む （の）	茶 ㄔㄚˊ chá	茶 （ちゃ）
吃 ㄔ 飯 ㄈㄢˋ chī fàn	ご飯を食べる （はん）（た）	正 ㄓㄥˋ 在 ㄗㄞˋ zhèng zài	ちょうど〜している
包 ㄅㄠ bāo	包む （つつ）	水 ㄕㄨㄟˇ 餃 ㄐㄧㄠˇ shuǐ jiǎo	水餃子 （すいぎょうざ）
一 ㄧˋ 起 ㄑㄧˇ yì qǐ	一緒に （いっしょ）	已 ㄧˇ 經 ㄐㄧㄥ yǐ jīng	すでに
客 ㄎㄜˋ 氣 ㄑㄧˋ kè qì	遠慮する、礼儀正しい （えんりょ）　（れいぎただ）		

✳ 関連単語 🎧 09-3

出 ㄔㄨ 去 ㄑㄩ˙ 出て行く
chū qù

咖 ㄎㄚ 啡 ㄈㄟ コーヒー
kā fēi

果 ㄍㄨㄛˇ 汁 ㄓ ジュース
guǒ zhī

熱 ㄖㄜ˙ 開 ㄎㄞ 水 ㄕㄨㄟˇ 熱湯 ねっとう
rè kāi shuǐ

麵 ㄇㄧㄢˋ 麺 めん
miàn

不 ㄅㄨˋ 餓 ㄜˋ お腹がすかない なか
bú è

文法説明 🎧 09-4

1 「正ㄓㄥˋ在ㄗㄞˋ＋動詞」＝「在ㄗㄞˋ＋動詞」（〜ている）

他 ㄊㄚ 們 ㄇㄣ˙ 正 ㄓㄥˋ 在 ㄗㄞˋ 睡 ㄕㄨㄟˋ 覺 ㄐㄧㄠˋ 。
tā men zhèng zài shuì jiào

＝ 他 ㄊㄚ 們 ㄇㄣ˙ 在 ㄗㄞˋ 睡 ㄕㄨㄟˋ 覺 ㄐㄧㄠˋ 。
tā men zài shuì jiào

彼ら かれ は眠って ねむ います。

他 ㄊㄚ 正 ㄓㄥˋ 在 ㄗㄞˋ 吃 ㄔ 飯 ㄈㄢˋ 。
tā zhèng zài chī fàn

＝ 他 ㄊㄚ 在 ㄗㄞˋ 吃 ㄔ 飯 ㄈㄢˋ 。
tā zài chī fàn

彼 かれ はご飯 はん を食べて た いるところです。

2 「動詞＋了_{カセ}没_{ロヘ}（有_{ーヌ}）？」＝「動詞＋了_{カセ}嗎_{ロY}？」（～した？）

你_{ろー}吃_イ了_{カセ}没_{ロヘ}（有_{ーヌ}）？　＝　你_{ろー}吃_イ了_{カセ}嗎_{ロY}？

nǐ　chī　le　méi　(yǒu)　　　　nǐ　chī　le　ma

食_たべましたか？

你_{ろー}睡_{アメヘ}飽_{ケ幺}了_{カセ}没_{ロヘ}（有_{ーヌ}）？＝你_{ろー}睡_{アメヘ}飽_{ケ幺}了_{カセ}嗎_{ロY}？

nǐ shuì bǎo le méi　(yǒu)　　　nǐ shuì bǎo le　ma

よく眠_{ねむ}りましたか？

3 「跟_{《ら}」（～と）

跟_{《ら}我_{メで}們_{ロら}一_ー起_{くー}吃_イ吧_{ケY}！

gēn wǒ men yì qǐ　chī ba

私_{わたし}たちと一緒_{いっしょ}に食_たべましょう！

（你_{ろー}）跟_{《ら}我_{メで}們_{ロら}一_ー起_{くー}走_{アメ}吧_{ケY}！

（nǐ）　gēn wǒ men yì qǐ zǒu ba

（あなたは）私_{わたし}たちと一緒_{いっしょ}に歩_{ある}きましょう！

（他_{ㄊY}）跟_{《ら}我_{メで}去_{くふ}郵_{ーヌ}局_{ㄐ凵}。

（tā）　gēn　wǒ qù　yóu jú

（彼_{かれ}は）私_{わたし}と郵便局_{ゆうびんきょく}に行_いきます。

4 「已經～了」（すでに～した）

已經吃了。
yǐ jīng chī le
すでに食べた。

已經壞掉了。
yǐ jīng huài diào le
すでに壊れている。

5 「不要」＝「別」（～するな）

不要客氣！　　　　　　＝ 別客氣！
bú yào kè qì　　　　　　 bié kè qì
遠慮しないで！

不要這麼說！　　　　　＝ 別這麼說！
bú yào zhè me shuō　　　　bié zhè me shuō
まあそう言わずに！（そんな風に言わないで。）

不要去！　　　　　　　＝ 別去！
bú yào qù　　　　　　　　 bié qù
行かないで！

第 **10** 課

家族　ㄐㄧㄚ ㄗㄨ
jiā　zú
家族

会話

🎵 10-1

你ㄋㄧˇ們ㄇㄣ˙家ㄐㄧㄚ有ㄧㄡˇ多ㄉㄨㄛ少ㄕㄠˇ人ㄖㄣˊ？ nǐ men jiā yǒu duō shǎo rén	ご家族は何人ですか？（家には何人いますか？）
有ㄧㄡˇ五ㄨˇ位ㄨㄟˋ。爸ㄅㄚ爸ㄅㄚ˙、媽ㄇㄚ媽ㄇㄚ˙、 yǒu wǔ wèi　bà ba　mā ma 哥ㄍㄜ哥ㄍㄜ˙、姐ㄐㄧㄝˇ姐ㄐㄧㄝ˙和ㄏㄜˊ我ㄨㄛˇ。 gē ge　jiě jie hé wǒ	5人います。父、母、兄、姉と私です。
你ㄋㄧˇ父ㄈㄨˋ母ㄇㄨˇ都ㄉㄡ在ㄗㄞˋ上ㄕㄤˋ班ㄅㄢ嗎ㄇㄚ˙？ nǐ fù mǔ dōu zài shàng bān ma	両親は2人とも仕事をしていますか？
爸ㄅㄚ爸ㄅㄚ˙在ㄗㄞˋ郵ㄧㄡˊ局ㄐㄩˊ上ㄕㄤˋ班ㄅㄢ。 bà ba zài yóu jú shàng bān	父は郵便局で働いています。
媽ㄇㄚ媽ㄇㄚ˙是ㄕˋ家ㄐㄧㄚ庭ㄊㄧㄥˊ主ㄓㄨˇ婦ㄈㄨˋ。 mā ma shì jiā tíng zhǔ fù	母は専業主婦です。

你爸爸多大年紀[1]？ nǐ bà ba duō dà nián jì	お父（とう）さんは何歳（なんさい）ですか？
五十二歲。 wǔ shí èr suì	５２歳（ごじゅうにさい）です。
你哥哥是學生，還是上班族[2]？ nǐ gē ge shì xué shēng hái shì shàng bān zú	お兄（にい）さんは学生（がくせい）ですか、それとも会社員（かいしゃいん）ですか？
他是工程師。 tā shì gōng chéng shī	彼（かれ）はエンジニアです。
你們住在一起[3]嗎？ nǐ men zhù zài yì qǐ ma	あなたたちは一緒（いっしょ）に住（す）んでいますか？
他住在新竹。 tā zhù zài xīn zhú 我去過[4]一次[6]。 wǒ qù guò yí cì	彼（かれ）は新竹（しんちく）に住（す）んでいます。 私（わたし）は一度（いちど）行（い）ったことがあります。
姐姐結婚了嗎？ jiě jie jié hūn le ma	お姉（ねえ）さんは結婚（けっこん）していますか？
她結婚了。有一男一女。 tā jié hūn le yǒu yì nán yì nǚ	彼女（かのじょ）は結婚（けっこん）しています。一男一女（いちなんいちじょ）がいます。

小孩 幾 歲 了 [7] ？ xiǎo hái jǐ suì le	子供は何歳ですか？
大的 四 歲，小的 [8] 一 dà de sì suì xiǎo de yí 歲。 suì	上（大きいの）は4歳で、下 （小さいの）は1歳です。

単語

🎵 10-2

家 jiā	家	人 rén	人
位 wèi	人（人を数える量詞）	爸爸／ bà ba 父親 fù qīn	お父さん、父、父親
媽媽／ mā ma 母親 mǔ qīn	お母さん、母、母親	哥哥 gē ge	お兄さん、兄
姐姐 jiě jie	お姉さん、姉	父母 fù mǔ	父母、両親

都 dōu	いずれも	上班 shàng bān	出勤（しゅっきん）する、出社（しゅっしゃ）する
家庭主婦 jiā tíng zhǔ fù	専業主婦（せんぎょうしゅふ）	多大 duō dà	どれくらい （年齢（ねんれい）、大（おお）きさなど）
年紀 nián jì	年齢（ねんれい）	歲 suì	歳（さい）
學生 xué shēng	学生（がくせい）	還是 hái shì	それとも
上班族 shàng bān zú	会社員（かいしゃいん）	工程師 gōng chéng shī	エンジニア、技術者（ぎじゅつしゃ）
住 zhù	住（す）む	一起 yì qǐ	一緒（いっしょ）に
新竹 xīn zhú	新竹（しんちく）	結婚 jié hūn	結婚（けっこん）
男 nán	男（おとこ）	女 nǚ	女（おんな）
小孩 xiǎo hái	子供（こども）		

✱ 関連単語　🎵 10-3

□ 爺ーせー爺ーせー（父方の）おじいさん、祖父
　yé　ye

□ 奶ㄋ奶ㄋ（父方の）おばあさん、祖母
　nǎi　nai

□ 外ㄨㄞ公ㄍㄨㄥ（母方の）おじいさん、祖父
　wài gōng

□ 外ㄨㄞ婆ㄆㄛ（母方の）おばあさん、祖母
　wài pó

□ 兄ㄒㄩㄥ弟ㄉ兄弟
　xiōng dì

□ 姐ㄐㄧㄝ妹ㄇ姉妹
　jiě mèi

□ 弟ㄉ弟ㄉ弟
　dì　di

□ 妹ㄇ妹ㄇ妹
　mèi mei

文法説明

1 「代（名）詞＋多（カメモ）大（カヤ）年（ラヰ）紀（ㄐㄧ）（了（カセ））？＝代（名）詞＋

幾（ㄐㄧ）歲（ㄙㄨㄟ）（了（カセ））？」（〜は何歳（なんさい）か？）

你（ㄋ）多（カメモ）大（カヤ）年（ラヰ）紀（ㄐㄧ）了（カセ）？　＝　你（ㄋ）幾（ㄐㄧ）歲（ㄙㄨㄟ）了（カセ）？

nǐ duō dà nián jì le　　　　nǐ jǐ suì le

あなたは何歳（なんさい）ですか？

媽（ㄇㄚ）媽（ㄇㄚ）多（カメモ）大（カヤ）年（ラヰ）紀（ㄐㄧ）了（カセ）？＝媽（ㄇㄚ）媽（ㄇㄚ）幾（ㄐㄧ）歲（ㄙㄨㄟ）了（カセ）？

mā ma duō dà nián jì le　　　mā ma jǐ suì le

お母（かあ）さんは何歳（なんさい）ですか？

2 「名詞Ａ＋還（ㄏㄞ）是（ㄕ）＋名詞Ｂ？」（Ａ それとも Ｂ？）

妳（ㄋ）是（ㄕ）學（ㄒㄩㄝ）生（ㄕㄥ）還（ㄏㄞ）是（ㄕ）上（ㄕㄤ）班（ㄅㄢ）族（ㄗㄨ）？

nǐ shì xué shēng hái shì shàng bān zú

あなたは学生（がくせい）ですか、それとも会社員（かいしゃいん）ですか？

我（ㄨㄛ）是（ㄕ）學（ㄒㄩㄝ）生（ㄕㄥ）。

wǒ shì xué shēng

私（わたし）は学生（がくせい）です。

你ㄋㄧˇ要ㄧㄠˋ喝ㄏㄜ茶ㄔㄚˊ還ㄏㄞˊ是ㄕˋ咖ㄎㄚ啡ㄈㄟ？

nǐ yào hē chá hái shì kā fēi

お茶を飲みますか、それともコーヒーを飲みますか？

我ㄨㄛˇ要ㄧㄠˋ喝ㄏㄜ咖ㄎㄚ啡ㄈㄟ。

wǒ yào hē kā fēi

私はコーヒーを飲みたいです。

3 「代(名)詞＋住ㄓㄨˋ在ㄗㄞˋ＋場所」（〜は…に住んでいる）

我ㄨㄛˇ住ㄓㄨˋ在ㄗㄞˋ台ㄊㄞˊ北ㄅㄟˇ市ㄕˋ。

wǒ zhù zài tái běi shì

私は台北市に住んでいます。

老ㄌㄠˇ師ㄕ住ㄓㄨˋ在ㄗㄞˋ陽ㄧㄤˊ明ㄇㄧㄥˊ山ㄕㄢ。

lǎo shī zhù zài yáng míng shān

先生は陽明山に住んでいます。

🎧 10-5

4 「動詞＋過<ruby><rt>ㄍㄨㄛˋ</rt></ruby>」（～したことがある）

我<ruby><rt>ㄨㄛˇ</rt></ruby>去<ruby><rt>ㄑㄩˋ</rt></ruby>過<ruby><rt>ㄍㄨㄛˋ</rt></ruby>越<ruby><rt>ㄩㄝˋ</rt></ruby>南<ruby><rt>ㄋㄢˊ</rt></ruby>。

wǒ qù guò yuè nán

<ruby>私<rt>わたし</rt></ruby>はベトナムに<ruby>行<rt>い</rt></ruby>ったことがあります。

我<ruby><rt>ㄨㄛˇ</rt></ruby>吃<ruby><rt>ㄔ</rt></ruby>過<ruby><rt>ㄍㄨㄛˋ</rt></ruby>水<ruby><rt>ㄕㄨㄟˇ</rt></ruby>餃<ruby><rt>ㄐㄧㄠˇ</rt></ruby>。

wǒ chī guò shuǐ jiǎo

<ruby>私<rt>わたし</rt></ruby>は<ruby>水餃子<rt>すいぎょうざ</rt></ruby>を<ruby>食<rt>た</rt></ruby>べたことがあります。

5 「沒<ruby><rt>ㄇㄟˊ</rt></ruby>（有<ruby><rt>ㄧㄡˇ</rt></ruby>）＋動詞＋過<ruby><rt>ㄍㄨㄛˋ</rt></ruby>」（～したことがない）

我<ruby><rt>ㄨㄛˇ</rt></ruby>沒<ruby><rt>ㄇㄟˊ</rt></ruby>（有<ruby><rt>ㄧㄡˇ</rt></ruby>）去<ruby><rt>ㄑㄩˋ</rt></ruby>過<ruby><rt>ㄍㄨㄛˋ</rt></ruby>台<ruby><rt>ㄊㄞˊ</rt></ruby>灣<ruby><rt>ㄨㄢ</rt></ruby>。

wǒ méi （yǒu） qù guò tái wān

<ruby>私<rt>わたし</rt></ruby>は<ruby>台湾<rt>たいわん</rt></ruby>に<ruby>行<rt>い</rt></ruby>ったことがありません。

我<ruby><rt>ㄨㄛˇ</rt></ruby>沒<ruby><rt>ㄇㄟˊ</rt></ruby>（有<ruby><rt>ㄧㄡˇ</rt></ruby>）吃<ruby><rt>ㄔ</rt></ruby>過<ruby><rt>ㄍㄨㄛˋ</rt></ruby>水<ruby><rt>ㄕㄨㄟˇ</rt></ruby>餃<ruby><rt>ㄐㄧㄠˇ</rt></ruby>。

wǒ méi （yǒu） chī guò shuǐ jiǎo

<ruby>私<rt>わたし</rt></ruby>は<ruby>水餃子<rt>すいぎょうざ</rt></ruby>を<ruby>食<rt>た</rt></ruby>べたことがありません。

6 「動詞＋過＋次數＋名詞」＝「動詞＋過＋名詞＋次數」（〜回…したことがある）

我 去 過 一 次 日 本 。
wǒ qù guò yí cì rì běn

＝ 我 去 過 日 本 一 次 。
wǒ qù guò rì běn yí cì

私は日本に一度行ったことがあります。

我 吃 過 兩 次 水 餃 。
wǒ chī guò liǎng cì shuǐ jiǎo

＝ 我 吃 過 水 餃 兩 次 。
wǒ chī guò shuǐ jiǎo liǎng cì

私は水餃子を2回食べたことがあります。

7 「文＋了_{ㄌㄜ}」（～になった）

我_{ㄨㄛˇ} 好_{ㄏㄠˇ} 了_{ㄌㄜ}。

wǒ hǎo le

私_{わたし}はよくなりました。

電_{ㄉㄧㄢ} 燈_{ㄉㄥ} 亮_{ㄌㄧㄤ} 了_{ㄌㄜ}。

diàn dēng liàng le

電燈_{でんとう}が明_{あか}るくなりました。

一_ㄧ 點_{ㄉㄧㄢˇ} 半_{ㄅㄢˋ} 了_{ㄌㄜ}。

yī diǎn bàn le

1 時半_{いちじはん}になりました。

8 「形容詞＋的_{ㄉㄜ}」（～なこと・もの・人_{ひと}など）

重_{ㄓㄨㄥˋ}要_{ㄧㄠˋ}的_{ㄉㄜ}

zhòng yào de

重要_{じゅうよう}な…

大_{ㄉㄚˋ}的_{ㄉㄜ}

dà de

大_{おお}きい…

漂_{ㄆㄧㄠˋ}亮_{ㄌㄧㄤˋ}的_{ㄉㄜ}

piào liàng de

きれいな…

第11課

醫-院
yī yuàn
びょういん
病院

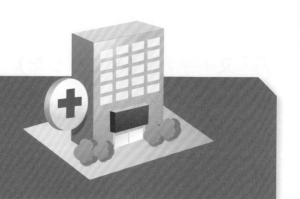

会話

🎧 11-1

護士小姐妳好， hù shì xiǎo jiě nǐ hǎo 醫生在嗎？ yī shēng zài ma	看護婦さんこんにちは。お医者さんはいらっしゃいますか？
醫生就要來了[1]。 yī shēng jiù yào lái le 你先量量體溫。 nǐ xiān liáng liáng tǐ wēn	医師はすぐに参ります。先に体温を測ってみます。
好。 hǎo	はい。
李先生，你有發燒 lǐ xiān shēng nǐ yǒu fā shāo 喔[3]！哪裡不舒服？ ō nǎ lǐ bù shū fú	李さん、熱がありますよ！どこか具合が悪いですか？

昨天突然肚子痛 zuó tiān tú rán dù zi tòng 起來了4。另外，好 qǐ lái le lìng wài hǎo 像5有一點6感冒。 xiàng yǒu yì diǎn gǎn mào	昨日突然お腹が痛くなってきました。他にも、ちょっと風邪をひいたようです。
我看看。 wǒ kàn kàn	見てみましょう。
是感冒嗎？ shì gǎn mào ma	風邪ですか？
是腸胃型感冒， shì cháng wèi xíng gǎn mào 需要打7點滴。 xū yào dǎ diǎn dī	感染性胃腸炎です。点滴を打つ必要があります。
需要住院嗎？ xū yào zhù yuàn ma	入院する必要がありますか？
不用，打針吃藥 bú yòng dǎ zhēn chī yào 就可以了9。 jiù kě yǐ le	いいえ、注射を打って薬を飲めばそれでいいです。

単語

護士 hù shì（護理師）hù lǐ shī	看護師、看護婦	醫生 yī shēng	医者
就要 jiù yào	まもなく	先 xiān	先に
量 liáng	（温度、長さ、面積、体積、重さなどを）はかる	體溫 tǐ wēn	体温
李 lǐ（姓氏）(xìng shì)	李（苗字）	發燒 fā shāo	熱が出る
舒服 shū fú	気分がいい、体調がいい	昨天 zuó tiān	昨日
突然 tú rán	突然	痛 tòng	痛い
另外 lìng wài	他に	好像 hǎo xiàng	〜のようだ

有一點 yǒu yì diǎn	少し	感冒 gǎn mào	風邪
腸胃型 cháng wèi xíng 感冒 gǎn mào	胃腸風邪、感染性胃 腸炎	需要 xū yào	必要だ
打 dǎ	打つ	點滴 diǎn dī	点滴
住院 zhù yuàn	入院する	打針 dǎ zhēn	注射する
吃藥 chī yào	薬を飲む	喔 ō	〜よ、〜ね（語気 助詞）

✳ 関連単語 ⚫ 11-3

□ 頭ㄊㄡˊ 頭〔あたま〕
tóu

□ 眼ㄧㄢˇ 睛ㄐㄧㄥ 目〔め〕
yǎn jīng

□ 耳ㄦˇ 朵ㄉㄨㄛˇ 耳〔みみ〕
ěr duo

□ 鼻ㄅㄧˊ 子ㄗ 鼻〔はな〕
bí zi

□ 喉ㄏㄡˊ 嚨ㄌㄨㄥˊ のど
hóu lóng

□ 牙ㄧㄚˊ 齒ㄔˇ 歯〔は〕
yá chǐ

□ 肚ㄉㄨˋ 子ㄗ お腹、腹部〔なか〕〔ふくぶ〕
dù zi

□ 手ㄕㄡˇ 手〔て〕
shǒu

□ 腳ㄐㄧㄠˇ 足（くるぶしからつま先まで）〔あし〕〔さき〕
jiǎo

□ 腿ㄊㄨㄟˇ 足（ももの付け根から足首まで）〔あし〕〔つ〕〔ね〕〔あしくび〕
tuǐ

□ 酸ㄙㄨㄢ （手足や腰などの筋肉が）だるい、痛い、凝る〔てあし〕〔こし〕〔きんにく〕〔いた〕〔こ〕
suān

□ 痛ㄊㄨㄥˋ 痛い〔いた〕
tòng

□ 麻ㄇㄚˊ しびれる
má

□ 咳ㄎㄜˊ 嗽ㄙㄡˋ 咳をする〔せき〕
ké sòu

□ 嘔ㄡˇ 吐ㄊㄨˋ 吐く〔は〕
ǒu tù

□ 沒胃口 食欲がない
méi wèi kǒu

□ 消化不良 消化不良
xiāo huà bù liáng

□ 流血 血が出る
liú xiě

文法説明 　11-4

1 「就要＋動詞＋了」（すぐに、まもなく～）

他就要回來了。
tā jiù yào huí lái le
彼はすぐに戻ってきます。

我就要結婚了。
wǒ jiù yào jié hūn le
私はまもなく結婚します。

明天我就要出國了。
míng tiān wǒ jiù yào chū guó le
明日私はすぐに出国します。

2 「～来カ゛ﾞ…」（～は…に来る）、「～去く゛ﾞ…」（～は…に行く）の比較

我ㄨㄛ 來ㄌㄞ 公ㄍㄨㄥ 園ㄩㄢ。
wǒ lái gōng yuán
私は公園に来ます。

我ㄨㄛ 去ㄑㄩ 公ㄍㄨㄥ 園ㄩㄢ。
wǒ qù gōng yuán
私は公園に行きます。

他ㄊㄚ 來ㄌㄞ 台ㄊㄞ 北ㄅㄟ。
tā lái tái běi
彼は台北に来ます。

他ㄊㄚ 去ㄑㄩ 台ㄊㄞ 北ㄅㄟ。
tā qù tái běi
彼は台北に行きます。

3 「～喔ㄛ！」（～よ、～ね！）

謝ㄒㄧㄝ 謝ㄒㄧㄝ 你ㄋㄧ 喔ㄛ！
xiè xie nǐ ō
ありがとうね！

= 謝ㄒㄧㄝ 謝ㄒㄧㄝ 你ㄋㄧ。
xiè xie nǐ

不ㄅㄨ 要ㄧㄠ 忘ㄨㄤ 記ㄐㄧ 喔ㄛ！
bú yào wàng jì ō
忘れないでね！

= 不ㄅㄨ 要ㄧㄠ 忘ㄨㄤ 記ㄐㄧ。
bú yào wàng jì

下ㄒㄧㄚ 次ㄘ 再ㄗㄞ 來ㄌㄞ 喔ㄛ！
xià cì zài lái ō
また来てね！

= 下ㄒㄧㄚ 次ㄘ 再ㄗㄞ 來ㄌㄞ。
xià cì zài lái

4「**動詞**＋<u>起來了</u>」（〜してくる）

牙齒痛起來了。

yá　chǐ tòng qǐ　lái　le

歯が痛くなってきました。

火車動起來了。

huǒ chē dòng qǐ　lái　le

電車が動き始めました。

5「〜<u>好像</u>…」（〜は…のようだ）

行李<u>好像</u>超重了。

xíng　lǐ　hǎo xiàng chāo zhòng le

荷物は重量オーバーのようです。

我<u>好像</u>迷路了。

wǒ hǎo xiàng mí　lù　le

私は道に迷ったようです。

6 「有一點～」（少し～）

🔊 11-5

有一點發燒
yǒu yì diǎn fā shāo
少し熱が出ている

有一點想吐
yǒu yì diǎn xiǎng tù
ちょっと吐きたい

有一點頭痛
yǒu yì diǎn tóu tòng
ちょっと頭が痛い

有一點冷
yǒu yì diǎn lěng
ちょっと冷たい、寒い

7 「需要＋動詞＋名詞」（〜する必要がある）
T山 一幺 ひつよう

需要打針。
T山 一幺 カY 业ㄣ

xū yào dǎ zhēn

注射を打つ必要があります。
ちゅうしゃ う ひつよう

需要住院。
T山 一幺 业ㄨ 山ㄢ

xū yào zhù yuàn

入院する必要があります。
にゅういん ひつよう

需要開刀。
T山 一幺 万ㄞ カㄠ

xū yào kāi dāo

手術を行う必要があります。
しゅじゅつ おこな ひつよう

8 「不需要＋動詞＋名詞」（〜する必要がない）

不需要打針。
bù xū yào dǎ zhēn
注射を打つ必要はありません。

不需要住院。
bù xū yào zhù yuàn
入院する必要はありません。

不需要開刀。
bù xū yào kāi dāo
手術を行う必要はありません。

9 「〜就可以了」（〜すればいい）

這樣就可以了。
zhè yàng jiù kě yǐ le
このようにすればいいです。

搭公車就可以了。
dā gōng chē jiù kě yǐ le
バスに乗ればいいです。

第12課

到 郊 外 踏 青
dào jiāo wài tà qīng
郊外を散歩する

会話

🎵 12-1

這裡的風景真漂亮[1]。 zhè lǐ de fēng jǐng zhēn piào liàng	ここの景色は本当にきれいです。
我們先爬山，再划船[2] wǒ men xiān pá shān zài huá chuán 吧！ ba	先に山登りをして、それから船をこぎましょうよ！
這裡又有山又有水[3]。 zhè lǐ yòu yǒu shān yòu yǒu shuǐ	ここには山も水もあります。

我們先拍幾張相，
wǒ men xiān pāi jǐ zhāng xiàng
怎麼樣？
zěn me yàng

先に数枚写真を撮りましょう、どうですか？

好啊！你們站在那裡，
hǎo a nǐ men zhàn zài nà lǐ
我來拍4。
wǒ lái pāi

いいですよ！そこに立って、私が撮りますよ。

旁邊有一隻天鵝。
páng biān yǒu yī zhī tiān é

そばに1羽の白鳥がいます。

你再不拍，牠就要游
nǐ zài bù pāi tā jiù yào yóu
過去了5。
guò qù le

今撮らないと、泳いで行っちゃいますよ。

好。大家笑一笑。
hǎo dà jiā xiào yí xiào
一二三。拍好了。
yī èr sān pāi hǎo le

はい。みなさん笑って。ハイチーズ（一二三）。撮りました。

単語

🎧 12-2

中文	日本語	中文	日本語
郊外 jiāo wài	郊外 こうがい	踏青 tà qīng	郊外を散歩する、ピクニックに行く こうがい さんぽ
風景 fēng jǐng	風景、景色 ふうけい けしき	漂亮 piào liàng	きれい
先 xiān	先に さき	爬山 pá shān	山登りをする やまのぼ
再 zài	それから、もう一度 いちど	划船 huá chuán	船をこぐ ふね
山 shān	山 やま	水 shuǐ	水 みず
站 zhàn	立つ た	旁邊 páng biān	そば
隻 zhī （量詞） (liàng cí)	羽、頭、匹（動物を数える量詞） わ とう ひき どうぶつ かぞ りょう し	天鵝 tiān é	白鳥 はくちょう
牠 tā	それ、あれ（動物） どうぶつ	游 yóu	泳ぐ およ
過去 guò qù	向こうへ行く、過去 む こ か こ	笑 xiào	笑う わら

❋ 関連単語

🎵 12-3

□ 太陽 太陽
tài yáng

□ 天空 空
tiān kōng

□ 空氣 空気
kōng qì

□ 風 風
fēng

□ 雨 雨
yǔ

□ 花 花
huā

□ 草 草
cǎo

□ 樹 木
shù

文法説明

🎧 12-4

1 「真_{ㄓㄣ}＋形容詞」（本当^{ほんとう}に～）

真_{ㄓㄣ}美_{ㄇㄟ}。　　　＝　真_{ㄓㄣ}美_{ㄇㄟ}麗_{ㄌㄧ}。

zhēn měi　　　　　　　zhēn měi lì

本当^{ほんとう}に美^{うつく}しい。

真_{ㄓㄣ}厲_{ㄌㄧ}害_{ㄏㄞ}。

zhēn lì　hài

本当^{ほんとう}にすごい。

真_{ㄓㄣ}棒_{ㄅㄤ}。

zhēn bàng

本当^{ほんとう}に素晴^{すば}らしい。

真_{ㄓㄣ}醜_{ㄔㄡ}。

zhēn chǒu

本当^{ほんとう}に醜^{みにく}い。

2 「先 + 動詞 A + (名詞 A) + 再 + 動詞 B + (名詞 B)」
（先に A して、それから B する）

先吃，再喝。

xiān chī　　zài　hē

先に食べて、それから飲みます。

先吃飯，再喝飲料。

xiān chī fàn　　zài　hē　yǐn liào

先にご飯を食べて、それから飲み物を飲みます。

先刷，再吃。

xiān shuā　zài　chī

先に磨いて、それから食べます。

先刷牙，再吃早餐。

xiān shuā yá　　zài　chī　zǎo cān

先に歯を磨いて、それから朝ごはんを食べます。

先洗，再睡。

xiān xǐ　　zài　shuì

先に洗って（入浴して）、それから寝ます。

先洗澡，再睡覺。

xiān xǐ　zǎo　　zài　shuì jiào

先にお風呂に入って、それから寝ます。

🎧 12-5

3 「又ㄧㄡˋ＋形容詞 A ＋又ㄧㄡˋ＋形容詞 B」（A でもあり B でもある）

這ㄓㄜˋ西ㄒㄧ瓜ㄍㄨㄚ又ㄧㄡˋ大ㄉㄚˋ又ㄧㄡˋ甜ㄊㄧㄢˊ。
zhè xī guā yòu dà yòu tián
このスイカは大きくて甘いです。

他ㄊㄚ又ㄧㄡˋ高ㄍㄠ又ㄧㄡˋ瘦ㄕㄡˋ。
tā yòu gāo yòu shòu
彼は背が高くて痩せています。

4 「～來ㄌㄞˊ＋動詞」（～しよう：主語が積極的に動作に取り組む）

我ㄨㄛˇ來ㄌㄞˊ開ㄎㄞ。
wǒ lái kāi
私が開けよう。

我ㄨㄛˇ來ㄌㄞˊ寫ㄒㄧㄝˇ，你ㄋㄧˇ來ㄌㄞˊ看ㄎㄢˋ。
wǒ lái xiě nǐ lái kàn
私が書くから、あなたは見て。

5 「…再不＋動詞A … 就(要)＋動詞B＋了」（もしAしないならBする）

你再不吃，食物就要壞了。
nǐ zài bù chī　shí wù jiù yào huài le
食べなかったら、食べ物は腐ってしまいます。

你再不來，我們就要走了。
nǐ zài bù lái　wǒ men jiù yào zǒu le
あなたが来ないなら、私たちは行きます。

你再不買，東西就賣完了。
nǐ zài bù mǎi　dōng xi jiù mài wán le
あなたが買わないなら、物は売り切れます。

第13課

餐廳
cān tīng

レストラン

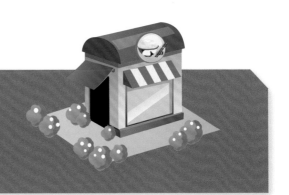

会話

🎵 13-1

那裡有空位，我們 nà lǐ yǒu kòng wèi wǒ men 坐那裡吧！ zuò nà lǐ ba	あそこに空いた席があります。 あそこに座りましょうよ！
你要吃什麼[1]？ nǐ yào chī shén me	何が食べたいですか？
隨便，你點菜吧！ suí biàn nǐ diǎn cài ba	何でもいいですよ。あなたが 注文してください！
那我看看菜單。 nà wǒ kàn kàn cài dān	では、メニューを見てみます。
有炒飯、炒麵，還有 yǒu chǎo fàn chǎo miàn hái yǒu 炒青菜。 chǎo qīng cài	チャーハン、焼きそば、それに 青菜炒めがあります。

這裡有沒有蒸餃[2]？ zhè lǐ yǒu méi yǒu zhēng jiǎo	ここには蒸し餃子がありますか？
有，可是[3]蒸餃來得特別慢。 yǒu kě shì zhēng jiǎo lái de tè bié màn	あります、でも蒸し餃子はすごく時間がかかりますよ（来るのは特別に遅いです）。
我已經餓過頭了[4]。 wǒ yǐ jīng è guò tóu le	もうお腹がぺこぺこです。
還是點炒麵。 hái shì diǎn chǎo miàn	やっぱり焼きそばを注文します。
好。 hǎo	いいですね。
我們再點一碗[5]酸辣湯，好不好？ wǒ men zài diǎn yì wǎn suān là tāng hǎo bù hǎo	酸辣湯をもう一杯頼みましょう、いいですか？
好。真好吃！下一次還要[6]再來吃。 hǎo zhēn hǎo chī xià yí cì hái yào zài lái chī	はい。本当においしい！次回また食べに来たいです。

単語

🎧 13-2

空位 ㄎㄨㄥ ㄨㄟ kòng wèi	空席_{くうせき}	吃 ㄔ chī	食べる_た
隨便 ㄙㄨㄟ ㄅㄧㄢ suí biàn	好きなようにする、 適当にする_{てきとう}	點菜 ㄉㄧㄢ ㄘㄞ diǎn cài	料理を注文する_{りょうり ちゅうもん}
菜單 ㄘㄞ ㄉㄢ cài dān	メニュー	炒 ㄔㄠ chǎo	炒める
炒飯 ㄔㄠ ㄈㄢ chǎo fàn	チャーハン	炒麵 ㄔㄠ ㄇㄧㄢ chǎo miàn	焼きそば_や
青菜 ㄑㄧㄥ ㄘㄞ qīng cài	青菜_{あおな}	蒸餃 ㄓㄥ ㄐㄧㄠ zhēng jiǎo	蒸し餃子_{む ぎょうざ}
可是 ㄎㄜ ㄕ kě shì	しかし	特別 ㄊㄜ ㄅㄧㄝ tè bié	特別、特に_{とくべつ とく}
慢 ㄇㄢ màn	遅い_{おそ}	已經 ㄧ ㄐㄧㄥ yǐ jīng	すでに
餓 ㄜ è	お腹が減る_{なか へ}	還是 ㄏㄞ ㄕ hái shì	やはり
碗 ㄨㄢ wǎn	碗_{わん}	酸辣湯 ㄙㄨㄢ ㄌㄚ ㄊㄤ suān là tāng	酸辣湯_{サンラータン}
下一次 ㄒㄧㄚ ㄧ ㄘ xià yí cì	次、次回_{つぎ じかい}	再來 ㄗㄞ ㄌㄞ zài lái	また来る_く

✼ 関連単語　♪13-3

□ 筷子 箸
kuài zi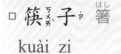

□ 湯匙 スプーン、れんげ
tāng shí

□ 叉子 フォーク
chā zi

□ 刀子 ナイフ、包丁
dāo zi

□ 碟子 小皿
dié zi

□ 醬油 しょうゆ
jiàng yóu

□ 辣椒 唐辛子
là jiāo

□ 香油 ごま油、香油
xiāng yóu

□ 紙巾 紙ナプキン
zhǐ jīn

□ 牙籤 つまようじ
yá qiān

□ 酸 酸っぱい
suān

□ 甜 甘い
tián

□ 鹹 塩辛い
xián

□ 辣 辛い（唐辛子の辛さ）
là

□ 牛肉 牛肉
niú ròu

□ 豬肉 豚肉
zhū ròu

□ 雞肉 鶏肉
jī ròu

□ 鴨肉 あひる（鴨）の肉
yā ròu

□ 鵝肉 がちょうの肉
é ròu

□ 魚 魚
yú

文法説明　　　　　　　　　　　　　　　🎵 13-4

1 疑問文「吃ㄔ / 喝ㄏㄜ / 點ㄉㄧㄢ ＋什ㄕㄣ麼ㄇㄜ？」（何を食べる / 飲む / 注文する？）、回答文「吃ㄔ / 喝ㄏㄜ / 點ㄉㄧㄢ ＋食ㄕ物ㄨ」（食べ物を食べる / 飲む / 注文する）

吃ㄔ什ㄕㄣ麼ㄇㄜ？
chī shén me
何を食べますか？

吃ㄔ漢ㄏㄢ堡ㄅㄠ。
chī hàn bǎo
ハンバーガーを食べます。

喝ㄏㄜ什ㄕㄣ麼ㄇㄜ？
hē shén me
何を飲みますか？

喝ㄏㄜ咖ㄎㄚ啡ㄈㄟ。
hē kā fēi
コーヒーを飲みます。

點ㄉㄧㄢ什ㄕㄣ麼ㄇㄜ？
diǎn shén me
何を注文しますか？

點ㄉㄧㄢ牛ㄋㄧㄡ肉ㄖㄡ麵ㄇㄧㄢ。
diǎn niú ròu miàn
牛肉麵を注文します。

2 「有没有＋名詞？＝有＋名詞＋嗎？」（〜がありますか？）

你有没有錢？ ＝ 你有錢嗎？
nǐ yǒu méi yǒu qián　　　　nǐ yǒu qián ma
お金がありますか？

你有没有小孩？ ＝ 你有小孩嗎？
nǐ yǒu méi yǒu xiǎo hái　　　nǐ yǒu xiǎo hái ma
あなたには子供がいますか？

這裡有没有餐廳？ ＝ 這裡有餐廳嗎？
zhè lǐ yǒu méi yǒu cān tīng　　zhè lǐ yǒu cān tīng ma
ここにはレストランがありますか？

3 「〜，可是…」（〜だが…）

今天很晚起床，可是沒有遲到。
jīn tiān hěn wǎn qǐ chuáng kě shì méi yǒu chí dào
今日はとても遅くに起きましたが、遅刻しませんでした。

冬天天氣很冷，可是還是要上學。
dōng tiān tiān qì hěn lěng kě shì hái shì yào shàng xué
冬はとても寒いですが、それでも学校に行く必要があります。

🎵 13-5

4 「**動詞**＋<u>過頭了</u>」（限度を越す、〜すぎる）

忙過頭了。
máng guò tóu le
忙しすぎます。

玩過頭了。
wán guò tóu le
遊びすぎました。

5 「<u>再</u>＋**動詞**＋**数詞**＋**量詞**」（もう〜する）

再來一碗。
zài lái yì wǎn
もう一杯（おかわり）。

再吃一口。
zài chī yì kǒu
もう一口食べる。

再來一次。
zài lái yí cì
もう一度来る。もう一度する。

175

6 「～還要…」（～はさらに…が必要、欲しい）

可能還要一個禮拜。
kě néng hái yào yí ge lǐ bài
さらに一週間必要かもしれません。

週末還要工作。
zhōu mò hái yào gōng zuò
週末はさらに仕事の必要があります。

你還要買什麼？
nǐ hái yào mǎi shén me
あなたは他に何が買いたいですか？

第 14 課

百貨公司
bǎi huò gōng sī

デパート

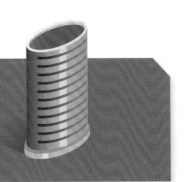

会話 🎧 14-1

因為週年慶到了， yīn wèi zhōu nián qìng dào le 所以我們去百貨公 suǒ yǐ wǒ men qù bǎi huò gōng 司逛逛吧[1]！ sī guàng guàng ba	バーゲンの時期が来たので、デパートに行きましょうよ（デパートに行ってぶらぶら見ましょうよ）！
這裡好熱鬧[2]啊！ zhè lǐ hǎo rè nào a 一共有幾層樓？ yí gòng yǒu jǐ céng lóu	ここはとてもにぎやかですね！ 全部で何階ありますか？
一共有十層樓[3]。 yí gòng yǒu shí céng lóu	全部で 10 階あります。

177

地下一樓除了有超市，還有美食街[4]。 dì xià yī lóu chú le yǒu chāo shì hái yǒu měi shí jiē	地下1階にはスーパー以外に、フードコートもあります。
先買東西，等一下再來吃。 xiān mǎi dōng xi děng yí xià zài lái chī	先に買い物をして、あとでまた食べに来ます。
好。我想買一些衣服送給我朋友。 hǎo wǒ xiǎng mǎi yì xiē yī fú sòng gěi wǒ péng yǒu	いいですね。私は友達に服を数着買ってあげたい（プレゼントしたい）です。
我要幫朋友買化妝品[5]。 wǒ yào bāng péng yǒu mǎi huà zhuāng pǐn	私は友達のために化粧品を買いたい（買うのを助けたい）です。
我們先搭電梯[7]到樓上，再往下逛。 wǒ men xiān dā diàn tī dào lóu shàng zài wǎng xià guàng	私たちは先にエレベーターで上に行って、それから下に向かって（ぶらぶら）歩きます。
走吧！ zǒu ba	行きましょう！

単語

因為 yīn wèi	～なので、だから	週年慶 zhōu nián qìng	（周年記念）バーゲン
到了 dào le	到着する	所以 suǒ yǐ	だから
逛逛 guàng guàng	ぶらぶら歩く、 見物する	熱鬧 rè nào	にぎやか
一共 yí gòng	全部で	層 céng	層、階（重なった物の数、階数を表す量詞）
地下 dì xià	地下	除了 chú le	～を除いて
超市 chāo shì	スーパー	還有 hái yǒu	それから

美食街 měi shí jiē	フードコート	東西 dōng xi	物
等一下 děng yí xià	ちょっと待って、 しばらくして	想 xiǎng	思う、〜したい
一些 yì xiē	いくつか	衣服 yī fú	服
送 sòng	届ける、プレゼン トする	朋友 péng yǒu	友達
幫 bāng	手伝う、代わりに 〜する	化妝品 huà zhuāng pǐn	化粧品
搭 dā	乗る	電梯 diàn tī	エレベーター
樓上 lóu shàng	階上、上の階	往 wǎng	〜の方へ、行く

✳ 関連単語 🎵 14-3

□ 褲ㄎㄨˋ 子ㄗ ズボン
kù zi

□ 裙ㄑㄩㄣˊ 子ㄗ スカート
qún zi

□ 鞋ㄒㄧㄝˊ 子ㄗ 靴ㄍㄜ˙
xié zi

□ 口ㄎㄡˇ 紅ㄏㄨㄥˊ 口紅くちべに
kǒu hóng

□ 洗ㄒㄧˇ 面ㄇㄧㄢˋ 乳ㄖㄨˇ 洗顔料せんがんりょう
xǐ miàn rǔ

□ 洗ㄒㄧˇ 髮ㄈㄚˇ 精ㄐㄧㄥ シャンプー
xǐ fǎ jīng

□ 指ㄓˇ 甲ㄐㄧㄚˇ 油ㄧㄡˊ マニキュア
zhǐ jiǎ yóu

□ 染ㄖㄢˇ 髮ㄈㄚˇ 劑ㄐㄧˋ ヘアカラー
rǎn fǎ jì

□ 電ㄉㄧㄢˋ 器ㄑㄧˋ 用ㄩㄥˋ 品ㄆㄧㄣˇ 電器用品でんきようひん
diàn qì yòng pǐn

□ 運ㄩㄣˋ 動ㄉㄨㄥˋ 用ㄩㄥˋ 品ㄆㄧㄣˇ スポーツ用品ようひん
yùn dòng yòng pǐn

□ 女ㄋㄩˇ 裝ㄓㄨㄤ レディースファッション、婦人服ふじんふく
nǚ zhuāng

□ 男ㄋㄢˊ 裝ㄓㄨㄤ メンズファッション、紳士服しんしふく
nán zhuāng

□ 孕ㄩㄣˋ 婦ㄈㄨˋ 妊婦にんぷ
yùn fù

□ 童ㄊㄨㄥˊ 裝ㄓㄨㄤ 子供服こどもふく
tóng zhuāng

□ 嬰ㄧㄥ 兒ㄦˊ 用ㄩㄥˋ 品ㄆㄧㄣˇ ベビー用品ようひん
yīng ér yòng pǐn

□ 服ㄈㄨˊ 務ㄨˋ 台ㄊㄞˊ フロント、レセプション、サービスカウンター
fú wù tái

文法説明   🎧 14-4

1 「因為〜，所以…」（〜なので、だから…）

因為下雨，所以坐計程車。
yīn wèi xià yǔ　　suǒ yǐ　zuò jì chéng chē
雨が降っているので、タクシーに乗ります。

因為肚子餓，所以先吃飯。
yīn wèi dù zi è　　suǒ yǐ　xiān chī fàn
お腹がすいたので、先にご飯を食べます。

因為人很多，所以不去了。
yīn wèi rén hěn duō　　suǒ yǐ　bú qù le
人がとても多いので、行かないことにしました。

2 「好ㄏㄠ˅＋形容詞」（とても～）

好ㄏㄠ˅漂ㄆㄧㄠˋ亮ㄌㄧㄤˋ
hǎo piào liàn
とてもきれい

好ㄏㄠ˅厲ㄌㄧˋ害ㄏㄞˋ
hǎo lì hài
とてもすごい

好ㄏㄠ˅聰ㄘㄨㄥ明ㄇㄧㄥˊ
hǎo cōng míng
とても賢（かしこ）い

好ㄏㄠ˅討ㄊㄠ˅厭ㄧㄢˋ
hǎo tǎo yàn
とても嫌（きら）い、とてもうっとうしい

🎧 14-5

3 「一共 （有）＋数詞＋量詞＋（名詞）」（合計で～）

一共兩百元。

yí gòng liǎng bǎi yuán

全部合わせて 200 元です。

一共有三輛車。

yí gòng yǒu sān liàng chē

合計 3 台あります。

4 「除了有＋名詞 A，還有＋名詞 B」（A 以外にそのうえ B がある / いる）

冰箱裡除了有水果，還有飲料。

bīng xiāng lǐ chú le yǒu shuǐ guǒ hái yǒu yǐn liào

冷蔵庫の中に、果物以外に、（そのうえ）飲み物があります。

教室裡除了有學生，還有老師。

jiào shì lǐ chú le yǒu xué shēng hái yǒu lǎo shī

教室の中に、学生以外に、（そのうえ）先生がいます。

5 「幫＋人＋動詞＋（名詞）」（人を助けて〜をする、その人の代わりに〜する）

幫媽媽做。

bāng mā ma zuò

母親を手伝います。

幫媽媽做家事。

bāng mā ma zuò jiā shì

母親の家事を手伝います。

幫爸爸開。

bāng bà ba kāi

父親の代わりに運転します（開けます）。

幫爸爸開車。

bāng bà ba kāi chē

父親の代わりに運転します。

幫弟弟穿。

bāng dì di chuān

弟に履かせてあげます。

幫弟弟穿鞋。

bāng dì di chuān xié

弟に靴を履かせてあげます。

🎧 14-6

6 「請幫我＋動詞＋（名詞）」（私のために～してください）

請幫我開。

qǐng bāng wǒ kāi

（私のために）あけてください。

請幫我開門。

qǐng bāng wǒ kāi mén

（私のために）ドアをあけてください。

請幫我剪。

qǐng bāng wǒ jiǎn

（私のために）切ってください。

請幫我剪頭髮。

qǐng bāng wǒ jiǎn tóu fǎ

（私のために）髪の毛を切ってください。

請幫我買。

qǐng bāng wǒ mǎi

（私のために）買ってください。

請幫我買東西。

qǐng bāng wǒ mǎi dōng xi

（私のために）物を買ってください。

7 「坐<small>ㄗㄨㄜˋ</small>＋交通手段」＝「搭<small>ㄉㄚ</small>＋交通手段」（〜に乗<small>の</small>る）

坐<small>ㄗㄨㄜˋ</small>飛<small>ㄈㄟ</small>機<small>ㄐㄧ</small>。　　　　＝ 搭<small>ㄉㄚ</small>飛<small>ㄈㄟ</small>機<small>ㄐㄧ</small>。
zuò fēi jī　　　　　　dā　fēi jī
飛行機<small>ひこうき</small>に乗<small>の</small>る。

坐<small>ㄗㄨㄜˋ</small>計<small>ㄐㄧˋ</small>程<small>ㄔㄥˊ</small>車<small>ㄔㄜ</small>。　　＝ 搭<small>ㄉㄚ</small>計<small>ㄐㄧˋ</small>程<small>ㄔㄥˊ</small>車<small>ㄔㄜ</small>。
zuò jì chéng chē　　　　dā　jì chéng chē
タクシーに乗<small>の</small>る。

坐<small>ㄗㄨㄜˋ</small>捷<small>ㄐㄧㄝˊ</small>運<small>ㄩㄣˋ</small>。　　　　＝ 搭<small>ㄉㄚ</small>捷<small>ㄐㄧㄝˊ</small>運<small>ㄩㄣˋ</small>。
zuò jié yùn　　　　　　dā　jié yùn
MRT に乗<small>の</small>る。

第 **15** 課

買東西
mǎi dōng xi
買い物をする（物を買う）

麻煩你，那件衣服 má fán nǐ　nà jiàn yī fú 拿下來[1] 給我看看。 ná xià lái　gěi wǒ kàn kàn	すみません、あの服を取って （下ろして）見せてください。
是這一件嗎？ shì zhè yí jiàn ma	これ（この一着）ですか？
是的，真漂亮。 shì de　zhēn piào liàng 有再[2] 大一點[3] 的嗎？ yǒu zài　dà yì diǎn　de ma	そうです、本当にきれいです。 もう少し大きいのはあります か？
有，不過[4] 顏色不一 yǒu　bú guò　yán sè bù yí 樣。 yàng	あります。でも色が違います。

沒關係，給我看看。 méi guān xi　gěi wǒ kàn kàn	大丈夫です、見せてください。
這裡還有別的款式。 zhè lǐ hái yǒu bié de kuǎn shì	ここには他のデザインもあります。
這件衣服多少錢？ zhè jiàn yī fú duō shǎo qián 有打折嗎？ yǒu dǎ zhé ma	この服はいくらですか？割引はありますか？
打九折5，一千八百 dǎ jiǔ zhé　　yì qiān bā bǎi 元。 yuán	1割引で1800元です。
那我要這件。可以刷 nà wǒ yào zhè jiàn　kě yǐ shuā 卡嗎？ kǎ ma	では、これが欲しいです。（クレジット）カードで支払えますか？
我們只收現金。 wǒ men zhǐ shōu xiàn jīn	現金払いのみになります（現金のみ受け取ります）。
給你兩千元。 gěi nǐ liǎng qiān yuán	2000元をお渡しします。
找您兩百元6。 zhǎo nín liǎng bǎi yuán	200元のお返しです。

単語

15-2

麻煩 má fán	面倒、手数をかける	件 jiàn	着（服を数える量詞）
衣服 yī fú	服	拿 ná	手に取る、持つ
下來 xià lái	下りる、下がってくる	給 gěi	与える
看 kàn	見る	真 zhēn	本当に
漂亮 piào liàng	きれい	再 zài	もう一度、さらに
大一點 dà yì diǎn	少し大きい	顔色 yán sè	色
一樣 yí yàng	同じ	沒關係 méi guān xi	大丈夫

還有 hái yǒu	それから	別的 bié de	他の
款式 kuǎn shì	様式、デザイン	多少 duō shǎo	いくら
錢／元 qián yuán	お金／元	打折 dǎ zhé	値引き、割引
九折 jiǔ zhé	1 割引	千 qiān	千
百 bǎi	百	刷卡 shuā kǎ	（クレジット）カードで支払う、カードを通す
只 zhǐ	〜だけ	收 shōu	受け取る
現金 xiàn jīn	現金	找 zhǎo	探す
不過 bú guò	ただし、しかし		

✱ 関連単語　🎧 15-3

☐ 貴 ㄍㄨㄟˋ 高い（金額）
　guì

☐ 便 ㄆㄧㄢˊ 宜 ˊ 安い
　pián yí

☐ 厚 ㄏㄡˋ 厚い
　hòu

☐ 薄 ㄅㄛˊ / 薄 ㄅㄠˊ 薄い
　bó　　báo

☐ 醜 ㄔㄡˇ 醜い
　chǒu

☐ 零 ㄌㄧㄥˊ 碼 ㄇㄚˇ サイズが指定できない半端物
　líng mǎ

☐ 特 ㄊㄜˋ 價 ㄐㄧㄚˋ 特価
　tè　jià

☐ 不 ㄅㄨˊ 二 ㄦˋ 價 ㄐㄧㄚˋ 掛け値なし、正札で売る
　bú　èr　jià

☐ 黑 ㄏㄟ 色 ㄙㄜˋ 黒 ●
　hēi　sè

☐ 白 ㄅㄞˊ 色 ㄙㄜˋ 白
　bái　sè

☐ 灰 ㄏㄨㄟ 色 ㄙㄜˋ 灰色 ●
　huī　sè

☐ 紅 ㄏㄨㄥˊ 色 ㄙㄜˋ 赤 ●
　hóng sè

☐ 藍 ㄌㄢˊ 色 ㄙㄜˋ 青 ●
　lán　sè

☐ 黃 ㄏㄨㄤˊ 色 ㄙㄜˋ 黄色
　huáng sè

☐ 綠 ㄌㄩˋ 色 ㄙㄜˋ 緑色 ●
　lǜ　sè

☐ 橙 ㄔㄥˊ 色 ㄙㄜˋ だいだい色 ●
　chéng sè

☐ 棕 ㄗㄨㄥ 色 ㄙㄜˋ 茶色 ●
　zōng sè

☐ 紫 ㄗˇ 色 ㄙㄜˋ 紫色 ●
　zǐ　sè

☐ 深 ㄕㄣ 色 ㄙㄜˋ 濃い色 ●
　shēn sè

☐ 淺 ㄑㄧㄢˇ 色 ㄙㄜˋ 薄い色 ●
　qiǎn sè

文法説明　　　　　　　　　　　　🎧 15-4

1 「拿～」（取って～、持って～）

拿給他。

ná gěi tā

取って彼にあげる。

拿上來。

ná shàng lái

持ち上げる。

拿過來。

ná guò lái

持ってくる。

2 「再ㄗㄞˋ～」（もっと～、再び～、してから～）

(1) さらにもっと～

再ㄗㄞˋ快ㄎㄨㄞˋ一ˋ點ㄉㄧㄢˇ。

zài kuài yì diǎn

もう少し早く。

(2) 再び～（未来）

再ㄗㄞˋ說ㄕㄨㄛ一ˊ次ˋ。

zài shuō yí cì

もう一度話す。

(3) してから～

想ㄒㄧㄤˇ好ㄏㄠˇ了ㄌㄜ再ㄗㄞˋ說ㄕㄨㄛ。

xiǎng hǎo le zài shuō

よく考えてから話す。

3 「形容詞＋一點ㄅㄧㄢˇ／一些ㄒㄧㄝ」（何かと比較して少し〜）

小ㄒㄧㄠˇ一點ㄅㄧㄢˇ。　　　＝　小ㄒㄧㄠˇ一些ㄒㄧㄝ。
xiǎo yì diǎn 　　　　　　　xiǎo yì xiē
少し小さい。

快ㄎㄨㄞˋ一點ㄅㄧㄢˇ。　　　＝　快ㄎㄨㄞˋ一些ㄒㄧㄝ。
kuài yì diǎn 　　　　　　　kuài yì xiē
少し速い。

便ㄆㄧㄢˊ宜一點ㄅㄧㄢˇ。　＝　便ㄆㄧㄢˊ宜一些ㄒㄧㄝ。
pián yí yì diǎn 　　　　　　pián yí yì xiē
少し安い。

4 「〜不過…」（〜だが、…）

🎧 15-5

計程車很快，<u>不過</u>很貴。

jì chéng chē hěn kuài　bú guò hěn guì

タクシーはとても速いですが、とても高いです。

早上天氣晴朗，<u>不過</u>下午會下雨。

zǎo shàng tiān qì qíng lǎng　bú guò xià wǔ huì xià yǔ

朝は天気がいいですが、午後は雨が降るでしょう。

他很帥，<u>不過</u>很矮。

tā hěn shuài　bú guò hěn ǎi

彼はとてもかっこいいですが、とても背が低いです。

5 「打ㄉㄚˇ＋数詞＋折ㄓㄜˊ」（〜引き、〜掛けで割引する）

打ㄉㄚˇ 85 折ㄓㄜˊ

dǎ bā wǔ zhé

１５ ％ 引き

打ㄉㄚˇ 79 折ㄓㄜˊ

dǎ qī jiǔ zhé

２１ ％ 引き

打ㄉㄚˇ 7 折ㄓㄜˊ

dǎ qī zhé

３０ ％ 引き、3 割引き、7 掛け

打ㄉㄚˇ 5 折ㄓㄜˊ＝打ㄉㄚˇ 對ㄉㄨㄟˋ折ㄓㄜˊ

dǎ wǔ zhé dǎ duì zhé

半額、50 ％ 引き、5 割引き、5 掛け

6 「找ㄓㄠˇ＋代（名）詞＋錢／金額」（お釣りを出す）

找ㄓㄠˇ您ㄋㄧㄣˊ三ㄙㄢ十ㄕˊ元ㄩㄢˊ。

zhǎo nín sān shí yuán

３０ 元のお釣りです。

找ㄓㄠˇ你ㄋㄧˇ錢ㄑㄧㄢˊ。

zhǎo nǐ qián

あなたにつり錢を出します。

197

第16課

看電影
kàn diàn yǐng
映画を見る

会話

🎵 16-1

你現在才回來¹喔！ nǐ xiàn zài cái huí lái wō	今になってやっと戻ってきたの！
路上塞車啊！ lù shàng sāi chē a	道が渋滞していたんだ！
有買到²電影票嗎？ yǒu mǎi dào diàn yǐng piào ma	映画のチケットは買えた？
有啊！是今天晚上七 yǒu a shì jīn tiān wǎn shàng qī 點三十分³的。 diǎn sān shí fēn de	はい！今晩 7 時半のです。
很好。座位好不好⁴？ hěn hǎo zuò wèi hǎo bù hǎo	いいですね。座席はどう（いい）？

198

倒數第二排[5]的中間靠走道[6]。 dào shǔ dì èr pái de zhōng jiān kào zǒu dào	後ろから2列目の中央の通路側。
座位還不錯[7]喔！ zuò wèi hái bú cuò wō	なかなかいい席ね！
影片演多久呢[8]？ yǐng piàn yǎn duō jiǔ ne	映画の長さはどれくらい？
兩個半小時左右[9]。 liǎng ge bàn xiǎo shí zuǒ yòu	2時間半位。
那我們買兩杯可樂和爆米花[10]進去吃吧。 nà wǒ men mǎi liǎng bēi kě lè hé bào mǐ huā jin qù chī ba	じゃあ、コーラ2杯とポップコーンを買って中で（に入って）食べましょう。
時間不早了，我們出發吧！ shí jiān bù zǎo le wǒ men chū fā ba	時間も早くないし、出発しましょう！

単語

16-2

現在 xiàn zài	今	回來 huí lái	戻ってくる
路上 lù shàng	路上、道中	塞車 sāi chē	交通渋滞
電影 diàn yǐng	映画	票 piào	チケット
今天 jīn tiān	今日	晚上 wǎn shàng	夜
座位 zuò wèi	座席、席	倒數 dào shǔ	後ろから数える
第二 dì èr	二番目	排 pái	列
中間 zhōng jiān	中間、中央	靠 kào	寄る

中国語	日本語	中国語	日本語
走道 zǒu dào	通路	還不錯 hái bú cuò	悪くない、なかなかいい
影片 yǐng piàn	映画	演 yǎn	演じる
左右 zuǒ yòu	約、前後	杯 bēi	杯、コップ
可樂 kě lè	コーラ	爆米花 bào mǐ huā	ポップコーン
進去 jìn qù	中へ入る	早 zǎo	早い
出發 chū fā	出発する	買 mǎi	買う

✱ 関連単語　🎵 16-3

□ 左ㄗㄨㄛ邊ㄅㄧㄢ 左側（ひだりがわ）
zuǒ biān

□ 右ㄧㄡ邊ㄅㄧㄢ 右側（みぎがわ）
yòu biān

□ 恐ㄎㄨㄥ怖ㄅㄨ片ㄆㄧㄢ ホラー映画（えいが）
kǒng bù piàn

□ 喜ㄒㄧ劇ㄐㄩ片ㄆㄧㄢ コメディー映画（えいが）
xǐ jù piàn

□ 愛ㄞ情ㄑㄧㄥ文ㄨㄣ藝ㄧ片ㄆㄧㄢ 恋愛映画（れんあいえいが）
ài qíng wén yì piàn

□ 科ㄎㄜ幻ㄏㄨㄢ片ㄆㄧㄢ SF映画（えいが）
kē huàn piàn

□ 動ㄉㄨㄥ作ㄗㄨㄛ片ㄆㄧㄢ アクション映画（えいが）
dòng zuò piàn

□ 卡ㄎㄚ通ㄊㄨㄥ影ㄧㄥ片ㄆㄧㄢ アニメ映画（えいが）
kǎ tōng yǐng piàn

（動ㄉㄨㄥ畫ㄏㄨㄚ片ㄆㄧㄢ）
dòng huà piàn

□ 入ㄖㄨ口ㄎㄡ 入口（いりぐち）
rù kǒu

□ 出ㄔㄨ口ㄎㄡ 出口（でぐち）
chū kǒu

□ 單ㄉㄢ數ㄕㄨ 奇数（きすう）
dān shù

□ 雙ㄕㄨㄤ數ㄕㄨ 偶数（ぐうすう）
shuāng shù

□ 客ㄎㄜ滿ㄇㄢ 満員（まんいん）、満席（まんせき）
kè mǎn

文法説明　🎵 16-4

1 「才+動詞」（やっと～）と「就+動詞+了」（とっくに～）の比較

我七點才到。
wǒ qī diǎn cái dào
私は7時にやっと着いた。

我七點就到了。
wǒ qī diǎn jiù dào le
私は7時にとっくに着いた。

我現在才回來。
wǒ xiàn zài cái huí lái
私は今やっと戻ってきた。

我早就回來了。
wǒ zǎo jiù huí lái le
私はもうとっくに戻ってきた。

2 「動詞 ＋ 到ㄉㄠˋ」、「沒ㄇㄟˊ ＋ 動詞 ＋ 到ㄉㄠˋ」と「動詞 ＋ 得ㄉㄜ˙

到ㄉㄠˋ」、「動詞 ＋ 不ㄅㄨˋ到ㄉㄠˋ」の説明

(1) 今ㄐㄧㄣ天ㄊㄧㄢ的ㄉㄜ˙工ㄍㄨㄥ作ㄗㄨㄛˋ我ㄨㄛˇ做ㄗㄨㄛˋ到ㄉㄠˋ了ㄌㄜ˙。

jīn tiān de gōng zuò wǒ zuò dào le

今日の仕事はできました。（動作が完了している）

(2) 今ㄐㄧㄣ天ㄊㄧㄢ的ㄉㄜ˙工ㄍㄨㄥ作ㄗㄨㄛˋ我ㄨㄛˇ沒ㄇㄟˊ做ㄗㄨㄛˋ到ㄉㄠˋ。

jīn tiān de gōng zuò wǒ méi zuò dào

今日の仕事はできませんでした。（やろうとしたが、何か理由が

あってできなかった）

(3) 今ㄐㄧㄣ天ㄊㄧㄢ的ㄉㄜ˙工ㄍㄨㄥ作ㄗㄨㄛˋ我ㄨㄛˇ做ㄗㄨㄛˋ得ㄉㄜ˙到ㄉㄠˋ。

jīn tiān de gōng zuò wǒ zuò de dào

今日の仕事はできます。（これから動作にとりかかる）

(4) 今ㄐㄧㄣ天ㄊㄧㄢ的ㄉㄜ˙工ㄍㄨㄥ作ㄗㄨㄛˋ我ㄨㄛˇ做ㄗㄨㄛˋ不ㄅㄨˋ到ㄉㄠˋ。

jīn tiān de gōng zuò wǒ zuò bú dào

今日の仕事はできません。（やる能力がないか、最初からやる気

がない）

3 「時間」の表現　🔊 16-5

昨天 zuó tiān 昨日	早上 zǎo shàng 朝	九點半 jiǔ diǎn bàn 9 時半
今天 jīn tiān 今日 ＋	中午 zhōng wǔ 昼 ＋	十二點 shí èr diǎn １２時
明天 míng tiān 明日	晚上 wǎn shàng 夜、晩	七點 qī diǎn 7 時

昨天晚上七點。
zuó tiān wǎn shàng qī diǎn
昨日の夜 7 時。

今天早上九點半。
jīn tiān zǎo shàng jiǔ diǎn bàn
今日の朝9時半。

明天中午十二點。
míng tiān zhōng wǔ shí èr diǎn
明日の昼１２時。

4 「〜好不好？」（〜いいか、どうか？）

買這個 好不好？
mǎi zhè ge hǎo bù hǎo
これを買います、いいですか？

你的脾氣 好不好？
nǐ de pí qì hǎo bù hǎo
あなたの気性（怒りやすい性質）はどうですか？

明天的天氣 好不好？
míng tiān de tiān qì hǎo bù hǎo
明日の天気はどうですか？

5 「倒數＋数詞／序数詞＋量詞」（後ろから数えて〜）

倒數十秒。
dào shǔ shí miǎo
後ろから数えて 10 秒

倒數三天。
dào shǔ sān tiān
後ろから数えて三日

倒數第一名。

dào shǔ dì yī míng

下から数えて一番目（一人目）。（試験の順位、最後の一人）

倒數第二位。

dào shǔ dì èr wèi

下から数えて二人目。

6 「靠＋名詞」（〜に寄る、近づく） 🎧 16-6

靠走道

kào zǒu dào

通路側、通路に寄る

靠旁邊

kào páng biān

横、そばに寄る

靠廁所

kào cè suǒ

トイレ側、トイレに寄る

7 「～還不錯」（～はなかなかいい）

服務還不錯。

fú wù hái bú cuò

サービスはなかなかいい。

這裡的咖啡還不錯。

zhè lǐ de kā fēi hái bú cuò

ここのコーヒーはなかなかいい（おいしい）です。

好像還不錯。

hǎo xiàng hái bú cuò

なかなか良さそうです。

8 「～多久（呢）？」（どれくらいの時間～？）

我們要等多久（呢）？

wǒ men yào děng duō jiǔ　　(ne)

私たちはどれくらい待つ必要がありますか？

還能用多久（呢）？

hái néng yòng duō jiǔ　　(ne)

あとどれくらい使えますか？

9 「～左右」（～くらい、約～） 🎵16-7

這本書大約三百塊錢（三百元）左右。

zhè běn shū dà　yuē sān bǎi kuài qián (sān　bǎi　yuán) zuǒ yòu

この本は３００元くらいです。

這裡都是十歲左右的小孩。

zhè　lǐ　dōu shì　shí　suì zuǒ yòu de xiǎo hái

ここはみんな１０歳くらいの子供です。

10 「A＋和＋B」＝「A＋與＋B」（AとB）

我和你　　　　　　　　＝我與你

wǒ　hé　nǐ　　　　　　　wǒ　yǔ　nǐ

私とあなた

哥哥和弟弟　　　　　　＝哥哥與弟弟

gē　ge　hé　dì　i　　　　　gē　ge　yǔ　dì　di

兄と弟

蘋果和西瓜　　　　　　＝蘋果與西瓜

píng guǒ hé　xī　guā　　　píng guǒ yǔ　xī　guā

りんごとすいか

白色 和 黑色 我 都 不 喜歡。
bái sè hé hēi sè wǒ dōu bù xǐ huān

= 白色 與 黑色 我 都 不 喜歡。
bái sè yǔ hēi sè wǒ dōu bù xǐ huān

白と黒、私はどちらも好きではないです。

炒飯 和 炒麵 都 可以。
chǎo fàn hé chǎo miàn dōu kě yǐ

= 炒飯 與 炒麵 都 可以。
chǎo fàn yǔ chǎo miàn dōu kě yǐ

チャーハンと焼きそば、どちらでもいいです。

第 17 課

理髮
lǐ fǎ
散髮する

会話　　　🔊 17-1

你好，我要理髮。 nǐ hǎo wǒ yào lǐ fǎ	こんにちは、髪をカット （散髪）したいです。
好，請坐這裡。 hǎo qǐng zuò zhè lǐ	はい、どうぞこちらにお座り ください。
要怎麼理呢[1]？ yào zěn me lǐ ne	どう整えますか？
照[2]原本的樣子理 zhào yuán běn de yàng zi lǐ 就[3]行了。 jiù xíng le	もともとのスタイルのとおり に整えてもらえればいいで す。

211

後面再剪短一點。	後ろをもう少し短くしてください。
hòu miàn zài jiǎn duǎn yì diǎn	
請到那邊洗頭。	どうぞ、あちらに行って髪を洗います。
qǐng dào nà biān xǐ tóu	
水太燙⁴嗎？	お湯は熱すぎますか？
shuǐ tài tàng ma	
有一點燙。	ちょっと熱いです。
yǒu yì diǎn tàng	
請到這邊吹乾頭髮。	どうぞ、こちらでドライヤーをかけます（髪を乾かします）。
qǐng dào zhè biān chuī gān tóu fǎ	
這次⁵理的髮型，你喜歡嗎？	今回の（整えた）髪型はお好きですか？
zhè cì lǐ de fǎ xíng nǐ xǐ huān ma	
還⁶不錯！	なかなかいいですね！
hái bú cuò	

単語

🎧 17-2

理髪／ lǐ fǎ 剪髮 jiǎn fǎ	散髪する、髪をカットする	理／剪 lǐ jiǎn	整える、切る
照 zhào	～のとおりに	原本 yuán běn	もともと
樣子 yàng zi	形、格好、スタイル	行 xíng	よろしい
後面 hòu miàn	後ろ	剪 jiǎn	切る
短 duǎn	短い	洗 xǐ	洗う
頭 tóu	頭	水 shuǐ	水、お湯
太 tài	～すぎる	燙 tàng	熱い
吹 chuī	吹きつける	乾 gān	乾燥する、乾かす
頭髮 tóu fǎ	髪の毛	髮型 fǎ xín	髪型
喜歡 xǐ huān	好き		

213

✳ 関連単語　♪ 17-3

□ 染髪 髪を染める
 răn fă

□ 燙髪 パーマをかける
tàng fă

□ 鏡子 鏡
jìng zi

□ 剪刀 はさみ
jiǎn dāo

□ 梳子 くし
shū zi

□ 吹風機 ドライヤー
chuī fēng jī

□ 長 長い
cháng

□ 短 短い
duǎn

□ 冷 冷たい、寒い
lěng

文法説明　🎵17-4

1 「（要怎麼＋動詞＋（呢）？」（どう〜するか？）

要怎麼說呢？ 　　　＝要怎麼說？
yào zěn me shuō ne 　　　yào zěn me shuō

＝怎麼說呢？
zěn me shuō ne
どう話したらいい？

要怎麼辦呢？ 　　　＝要怎麼辦？
yào zěn me bàn ne 　　　yào zěn me bàn

＝怎麼辦呢？
zěn me bàn ne
どうしたらいいですか？

要怎麼用呢？ 　　　＝要怎麼用？
yào zěn me yòng ne 　　　yào zěn me yòng

＝怎麼用呢？
zěn me yòng ne
どのように使いますか？

2 「～照…」（～のとおりに…）

請照我說的寫。

qǐng zhào wǒ shuō de xiě

私が言ったとおりに書いてください。

請照說明書使用。

qǐng zhào shuō míng shū shǐ yòng

説明書のとおりに使ってください。

3 「～就…」（～したら…、もし～なら…）

照原本的樣子理就行了。

zhào yuán běn de yàng zi　lǐ　jiù　xín　le

もともとのスタイルのとおりに整えてもらえればいいです。

妳給我寄來就行了。

nǎi gěi wǒ jì lái jiù xín le

私に送ってもらえればいいです。

下午有空你就去吧！

xià wǔ yǒu kòng nǐ　jiù　qù　ba

午後時間があれば行ってください！

4「太＋形容詞」（〜すぎる、あまりにも〜） 🎵17-5

太_{ㄊㄞ}高_{ㄍㄠ}
tài gāo
（高_{たか}さが）高_{たか}すぎる

太_{ㄊㄞ}貴_{ㄍㄨㄟ}
tài guì
（値段_{ねだん}が）高_{たか}すぎる

太_{ㄊㄞ}遠_{ㄩㄢ}
tài yuǎn
遠_{とお}すぎる

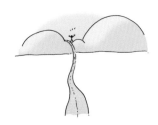

太_{ㄊㄞ}冰_{ㄅㄧㄥ}
tài bīng
冷_{つめ}たすぎる

5 「這次〜」（今回〜）

這次考試太難了。

zhè cì kǎo shì tài nán le

今回試験は難しすぎました。

這次的旅行很好玩。

zhè cì de lǚ xíng hěn hǎo wán

今回の旅行はとても楽しいです。

6 「…還〜」（まだ〜、さらに〜、まあまあ〜、なかなか〜）

(1) まだ、やはり（動作や状態の持続・未変化）

他還沒回來。

tā hái méi huí lái

彼はまだ帰ってきていません。

(2) まだ（数量が少ないことや時間がまだ早い）

時間還早。

shí jiān hái zǎo

時間はまだはやい。

(3) なお、さらに（比較して程度の違いを強調、項目・数量・範囲の増加）

今天比昨天還冷。

jīn tiān bǐ zuó tiān hái lěng

今日は昨日よりさらに寒い。

桌子上有書和筆記本，還有筆。

zhuō zi shàng yǒu shū hé bǐ jì běn hái yǒu bǐ

机の上には本とノート、それに鉛筆があります。

(4) まあまあ（満足できる程度）

還好、還可以

hái hǎo hái kě yǐ

まあまあいい

(5) 案外、なかなか（予想外の好ましい事態）

還不錯

hái bú cuò

なかなかいい

第18課

遇ㄩˋ見ㄐㄧㄢˋ朋ㄆㄥˊ友ㄧㄡˇ
yù jiàn péng yǒu
友達に（ばったり）会う

会話

🎵 18-1

我ㄨㄛˇ好ㄏㄠˇ像ㄒㄧㄤ[1] 在ㄗㄞˋ哪ㄋㄚˇ裡ㄌㄧˇ見ㄐㄧㄢˋ過ㄍㄨㄛˋ你ㄋㄧˇ？ wǒ hǎo xiàng zài nǎ lǐ jiàn guò nǐ	私はどこかであなたに会ったことがあるような気が…？
你ㄋㄧˇ是ㄕˋ林ㄌㄧㄣˊ先ㄒㄧㄢ生ㄕㄥ嗎ㄇㄚ？ nǐ shì lín xiān shēng ma	あなたは林さんですか？
啊ㄚ！你ㄋㄧˇ是ㄕˋ張ㄓㄤ先ㄒㄧㄢ生ㄕㄥ吧ㄅㄚ！ ā nǐ shì zhāng xiān shēng ba	あ！あなたは張さんですね！
對ㄉㄨㄟˋ啊ㄚ！好ㄏㄠˇ久ㄐㄧㄡˇ不ㄅㄨˋ見ㄐㄧㄢˋ。 duì a hǎo jiǔ bú jiàn	そうです！お久しぶりです。
最ㄗㄨㄟˋ近ㄐㄧㄣˋ[2] 好ㄏㄠˇ嗎ㄇㄚ？ zuì jìn hǎo ma	最近いかがですか？

還可以！ hái kě yǐ	まあまあです！
你變很多了[3]。我差 nǐ biàn hěn duō le　wǒ chà 一點認不出你了[4]。 yì diǎn rèn bù chū nǐ le	あなたはすごく変わりましたね。もうちょっとで誰だかわからないところでした（あなただと認識できないところでした）。
你還是跟過去一樣[5]， nǐ hái shì gēn guò qù yí yàng 沒什麼變。 méi shén me biàn	あなたは以前と同じで、ちっとも変わっていませんね。
是嗎？上次見面是 shì ma　shàng cì jiàn miàn shì 什麼時候[6]了？ shén me shí hòu le	そうですか？前回会ったのはいつでしたっけ？
十年前了吧！你還在[7] shí nián qián le ba　nǐ hái zài 原來的地方工作嗎？ yuán lái de dì fāng gōng zuò ma	10年前でしょ！今も同じ（元の）場所で仕事をしていますか？

221

是ㄕˋ啊ㄚ！我ㄨㄛˇ家ㄐㄧㄚ就ㄐㄧㄡˋ在ㄗㄞˋ[8]附ㄈㄨˋ近ㄐㄧㄣˋ shì a wǒ jiā jiù zài fù jìn ，要ㄧㄠˋ來ㄌㄞˊ我ㄨㄛˇ家ㄐㄧㄚ坐ㄗㄨㄛˋ嗎ㄇㄚ？ yào lái wǒ jiā zuò ma	はい！私の家はここの近くです。寄っていきませんか（私の家に座りに来ませんか）？
現ㄒㄧㄢˋ在ㄗㄞˋ還ㄏㄞˊ有ㄧㄡˇ[9]事ㄕˋ，三ㄙㄢ點ㄉㄧㄢˇ xiàn zài hái yǒu shì sān diǎn 以ㄧˇ後ㄏㄡˋ[11]我ㄨㄛˇ再ㄗㄞˋ跟ㄍㄣ你ㄋㄧˇ聯ㄌㄧㄢˊ絡ㄌㄨㄛˋ。 yǐ hòu wǒ zài gēn nǐ lián luò	今まだすることがあるので、3時以降にまた連絡しますね。
好ㄏㄠˇ。我ㄨㄛˇ的ㄉㄜ手ㄕㄡˇ機ㄐㄧ是ㄕˋ hǎo wǒ de shǒu jī shì 零ㄌㄥˊ九ㄐㄧㄡˇ三ㄙㄢ三ㄙㄢ–一ㄧ二ㄦˋ三ㄙㄢ– líng jiǔ sān sān yī èr sān 四ㄙˋ五ㄨˇ六ㄌㄧㄡˋ。 sì wǔ liù	わかりました。私の携帯は、 ぜろきゅうさんさんのいちにさんのよんごろく ０９３３-１２３-４５６です。
那ㄋㄚˋ麼ㄇㄜ，下ㄒㄧㄚˋ午ㄨˇ見ㄐㄧㄢˋ。 nà me xià wǔ jiàn	では、午後会いましょう。

222

単語

18-2

好像 hǎo xiàng	〜のようだ	哪裡 nǎ lǐ	どこ
好久 hǎo jiǔ	長い間	最近 zuì jìn	最近
可以 kě yǐ	そう悪くない、 まあまあ	變（化） biàn （huà）	変わる
很多 hěn duō	たくさん	差一點 chà yī diǎn	もうちょっとで、 少しの違いで
認（識） rèn （shi）	見知っている	過去 guò qù	過去、以前
一樣 yí yàng	同じ	手機 shǒu jī	携帯電話
上次 shàng cì	前回	時候 shí hòu	時
（以）前 （yǐ） qián	以前	原來 yuán lái	もとの
地方 dì fāng	場所	家 jiā	家

附近 fù jìn	近く	事（情） shì (qíng)	事、仕事、用事
以後 yǐ hòu	以後、それより後	聯絡 lián luò	連絡する

✱ 関連単語　　　　　　　　　　🎵 18-3

□ 未來 今から、未来
　wèi lái

□ 空閒 暇（になる）
　kòng xián

□ 忙碌 忙しい
　máng lù

□ 電話 電話
　diàn huà

□ 名片 名刺
　míng piàn

□ 電子信箱 メールボックス
　diàn zǐ xìn xiāng

□ 電子郵件 （イー、E、電子）メール
　diàn zǐ yóu jiàn

文法説明　　🎧 18-4

1 「好像〜？」（不確かで〜のようだ？）

好像很熱？
hǎo xiàng hěn rè
とても暑（熱）そう？

好像忘了？
hǎo xiàng wàng le
忘れたような気がする？

好像遲到了？
hǎo xiàng chí dào le
遅刻したかも？

2 「最近〜」（最近〜）

最近天氣很冷。
zuì jìn tiān qì hěn lěng
最近（天気が）とても寒いです。

最近心情不好。
zuì jìn xīn qíng bù hǎo

最近気分が良くないです。

3「…（很ㄏㄣ）多ㄉㄨㄛ 了ㄌㄜ。」（比較してずいぶん～）

現ㄒㄧㄢ在ㄗㄞˋ好ㄏㄠ（很ㄏㄣ）多ㄉㄨㄛ 了ㄌㄜ。
xiàn zài hǎo （hěn） duō le
（過去と比較して）今はずっと良くなりました。

便ㄆㄧㄢ宜ㄧˊ（很ㄏㄣ）多ㄉㄨㄛ 了ㄌㄜ。
pián yí （hěn） duō le
（他と比較して）ずいぶん安い。

4「差ㄔㄚ一一點ㄉㄧㄢ＋動詞＋了ㄌㄜ」（もうちょっとで～するところだった）

差ㄔㄚ一一點ㄉㄧㄢ遲ㄔˊ到ㄉㄠˋ了ㄌㄜ。
chà yì diǎn chí dào le
もうちょっとで遅刻するところでした。

差ㄔㄚ一一點ㄉㄧㄢ忘ㄨㄤˋ記ㄐˋ了ㄌㄜ。
chà yì diǎn wàng jì le
もうちょっとで忘れるところでした。

差ㄔㄚ一一點ㄉㄧㄢ昏ㄏㄨㄣ倒ㄉㄠ了ㄌㄜ。
chà yì diǎn hūn dǎo le
もうちょっとで気を失って倒れるところでした。

🎧18-5

5 「～跟…一樣」＝「～和…一樣」（～は…と同じ）

她跟以前一樣美麗。
tā gēn yǐ qián yí yàng měi lì

＝ 她和以前一樣美麗。
tā hé yǐ qián yí yàng měi lì
彼女は以前と変わらず（同じで）綺麗だ。

這件衣服跟我的一樣。
zhè jiàn yī fú gēn wǒ de yí yàng

＝ 這件衣服和我的一樣。
zhè jiàn yī fú hé wǒ de yí yàng
この服は私のと同じです。

台北的公車跟捷運一樣方便。
tái běi de gōng chē gēn jié yùn yí yàng fāng biàn

＝ 台北的公車和捷運一樣方便。
tái běi de gōng chē hé jié yùn yí yàng fāng biàn
台北のバスはMRTと同様に便利です。

6 「什麼時候〜？」（いつ〜？）

什麼時候見面？
shén me shí hòu jiàn miàn
いつ会いますか？

什麼時候去日本？
shén me shí hòu qù rì běn
いつ日本へ行きますか？

7 「代(名)詞＋還在〜」（…はまだ〜）

(1) 代(名)詞＋還在＋名詞

你還在學校嗎？
nǐ hái zài xué xiào ma
あなたはまだ学校にいますか？

我還在教室。
wǒ hái zài jiào shì
私 はまだ教室にいます。

(2) 代 (名) 詞 ＋ 還在 ＋ 動詞

他 還在 睡 覺。

tā　hái　zài shuì jiào

彼はまだ寝ています。

你 還在 等 他 嗎？

nǐ　hái　zài děng tā　ma

あなたはまだ彼を待っていますか？

8 「～就在…」（～はまさに…にいる / ある）

問 題 就在 這 裡。

wèn tí　jiù　zài zhè　lǐ

問題はまさにここにあります。

我 就在 你 身 邊。

wǒ　jiù zài　nǐ　shēn biān

私はまさにあなたの隣にいます。

醫 - 院 就在 前 面。

yī yuàn jiù zài qián miàn

病 院はまさに目の前です。

9 「～還有…」（～はまだ…がある / いる）　🎧18-6

你還有錢嗎？
nǐ hái yǒu qián ma
あなたはまだお金がありますか？

這裡還有很多人。
zhè lǐ hái yǒu hěn duō rén
ここにはまだたくさん人がいます。

到車站還有一公里。
dào chē zhàn hái yǒu yì gōng lǐ
駅までまだ１キロあります。

10 「現在還有～」（今はまだ～している）、

「現在沒有～」（今はもう～していない）

現在還有營業。
xiàn zài hái yǒu yíng yè
現在はまだ営業しています。

現在沒有營業。
xiàn zài méi yǒu yíng yè
現在はもう営業していません。

現在還有下雨。
xiàn zài hái yǒu xià yǔ
今はまだ雨が降っています。

現在沒有下雨。
xiàn zài méi yǒu xià yǔ
今はもう雨が降っていません。

11 「以後～」（今後～、…した後～）

妳長大以後要做什麼？

nǎi zhǎng dà yǐ hòu yào zuò shén me

あなたは大きくなったら何をしたいですか？

我以後不會遲到。

wǒ yǐ hòu bú huì chí dào

私はこれからは遅刻しません。

我以後要考一百分。

wǒ yǐ hòu yào kǎo yì bǎi fēn

私は今後100点を取りたいです。

第19課

天氣 (ㄊㄧㄢ ㄑㄧˋ)
tiān qì
天気 (てんき)

会話

🎧 19-1

今天天氣怎麼樣？ jīn tiān tiān qì zěn me yàng	今日の天気はどうですか？
今天天氣比昨天熱[1]。 jīn tiān tiān qì bǐ zuó tiān rè	今日の天気は昨日より暑いです。
夏天經常下雨[3]嗎？ xià tiān jīng cháng xià yǔ ma	夏はよく雨が降りますか？
不常下雨，但是[4]有颱風。 bù cháng xià yǔ dàn shì yǒu tái fēng	あまり雨は降りませんが、台風があります。
有時候[5]放颱風假。 yǒu shí hòu fàng tái fēng jià	時々台風休みになります。

不過，一有颱風就要趕快去買菜 6。 bú guò yì yǒu tái fēng jiù yào gǎn kuài qù mǎi cài	ただ、台風が来るならすぐに、野菜を買いに行くべきです。
不然菜就要上漲了 7。 bù rán cài jiù yào shàng zhǎng le	そうでないと野菜の値段はすぐに上がります。
冬天下雪嗎？ dōng tiān xià xuě ma	冬は雪が降りますか？
不下雪。 bú xià xuě	雪は降りません。
可是冬天不但常常刮風，而且還常常有寒流 8。 kě shì dōng tiān bú dàn cháng cháng guā fēng ér qiě hái cháng cháng yǒu hán liú	しかし、冬はしょっちゅう風が吹くだけでなく、よく寒波も来ます。
春天和秋天就比較舒服了。 chūn tiān hé qiū tiān jiù bǐ jiào shū fú le	春と秋は比較的心地がいいです。

233

単語

🔊 19-2

天氣 tiān qì	天気	比 bǐ	～に比べて
昨天 zuó tiān	昨日	熱 rè	暑い、熱い
夏天 xià tiān	夏	（經）常 (jīng) cháng	いつも、しょっちゅう
下雨 xià yǔ	雨が降る	但是 dàn shì	しかし
颱風 tái fēng	台風	有時候 yǒu shí hòu	時には
放（～假） fàng　(jià)	休みになる	假（期） jià　(qí)	休み、休暇
趕快 gǎn kuài	急いで	買菜 mǎi cài	野菜を買う
不然 bù rán	そうでなかったら	上漲 shàng zhǎng	（価格、相場などが）上がる、高くなる
冬天 dōng tiān	冬	下雪 xià xuě	雪が降る

刮風 guā fēng	風が吹く	寒流 hán liú	寒波
春天 chūn tiān	春	秋天 qiū tiān	秋 
舒服 shū fú	心地よい	比較 bǐ jiào	比較する

✻ 関連単語 🎧 19-3

□ 暖和
nuǎn huo　暖かい

□ 冷
lěng　冷たい、寒い

□ 晴天
qíng tiān　晴れ、晴れた日、青空

□ 陰天
yīn tiān　曇り、曇り日、曇り空

□ 閃電
shǎn diàn　稲妻

□ 打雷
dǎ léi　雷が鳴る

□ 氣溫
qì wēn　気温

□ 下跌
xià dié　（価格、相場などが）下落する

文法説明　🎵 19-4

1 「代(名)詞A 比_{ㄅ一ˇ} 代(名)詞B」(AはBより〜)と「数詞A 比_{ㄅ一ˇ}数詞B」(A対_{たい}B)

我_{ㄨㄛˇ}比_{ㄅ一ˇ}你_{ㄋ一ˇ}矮_{ㄞˇ}。

wǒ bǐ nǐ ǎi

私_{わたし}はあなたより背_せが低_{ひく}い。

你_{ㄋ一ˇ}比_{ㄅ一ˇ}我_{ㄨㄛˇ}高_{ㄍㄠ}。

nǐ bǐ wǒ gāo

あなたは私_{わたし}より背_せが高_{たか}い。

今_{ㄐ一ㄣ}天_{ㄊ一ㄢ}的_{ㄉㄜ}球_{ㄑ一ㄡˊ}賽_{ㄙㄞˋ}四_{ㄙˋ}比_{ㄅ一ˇ}五_{ㄨˇ}。

jīn tiān de qiú sài sì bǐ wǔ

今日_{きょう}の球技_{きゅうぎ}の試合_{しあい}は4対_{よんたい}5_ごだ。

2 比較＋形容詞」（比較的〜）

今天比較冷。

jīn tiān bǐ jiào lěng

今日は比較的寒い。

郵局比較近。

yóu jú bǐ jiào jìn

郵便局は比較的近い。

3 「動詞＋名詞」（〜が…する）

下＋雪＝下雪

xià xuě xià xuě

雪が降る

下＋雨＝下雨

xià yǔ xià yǔ

雨が降る

刮＋風＝刮風

guā fēng guā fēng

風が吹く

4 「〜，但是…」（〜だが、…）　🎧 19-5

我肚子餓，但是沒有錢。
wǒ dù zi è　dàn shì méi yǒu qián
お腹がすいていますが、お金がありません。

這件衣服很漂亮，但是很貴。
zhè jiàn yī fú hěn piào liàng　dàn shì hěn guì
この服はとてもきれいですが、とても高いです。

我想出去玩，但是功課還沒寫完。
wǒ xiǎng chū qù wán　dàn shì gōng kè hái méi xiě wán
私は外に遊びに出かけたいですが、宿題がまだできていません（書き終わっていません）。

5 「～有時候…」（～は時々…）

爸爸有時候很兇。

bà ba yǒu shí hòu hěn xiōng

父は時々とてもこわい（きつい）です。

冬天有時候下雪。

dōng tiān yǒu shí hòu xià xuě

冬は時々雪が降ります。

我有時候去 (聽) 演唱會。

wǒ yǒu shí hòu qù tīng yǎn chàng huì

私は時々コンサート（を聞きに）行きます。

6 「一ˊ／一ˋ〜就ㄐㄧㄡˋ…」（〜するとすぐに）

🎵 19-6

一ˊ放ㄈㄤˋ暑ㄕㄨˇ假ㄐㄧㄚˋ就ㄐㄧㄡˋ很ㄏㄣˇ開ㄎㄞ心ㄒㄧㄣ。

yí fàng shǔ jià jiù hěn kāi xīn

夏休みになるととても楽しい。

一ˊ放ㄈㄤˋ假ㄐㄧㄚˋ就ㄐㄧㄡˋ去ㄑㄩˋ游ㄧㄡˊ泳ㄩㄥˇ。

yí fàng jià jiù qù yóu yǒng

休みになったら泳ぎに行きます。

一ˋ有ㄧㄡˇ時ㄕˊ間ㄐㄧㄢ就ㄐㄧㄡˋ看ㄎㄢˋ書ㄕㄨ。

yì yǒu shí jiān jiù kàn shū

時間があれば本を読みます。

7 「名詞＋就_{ㄐㄧㄡˋ}要_{ㄧㄠˋ}＋動詞＋了_{ㄌㄜ}」（〜はまもなく…、〜は
すぐに…）

明_{ㄇㄧㄥˊ}天_{ㄊㄧㄢ}颱_{ㄊㄞˊ}風_{ㄈㄥ}就_{ㄐㄧㄡˋ}要_{ㄧㄠˋ}來_{ㄌㄞˊ}了_{ㄌㄜ}。
míng tiān tái fēng jiù yào lái le
明日_{あした}（まもなく）台風_{たいふう}が来_きます。

下_{ㄒㄧㄚˋ}週_{ㄓㄡ}汽_{ㄑㄧˋ}油_{ㄧㄡˊ}就_{ㄐㄧㄡˋ}要_{ㄧㄠˋ}上_{ㄕㄤˋ}漲_{ㄓㄤˇ}了_{ㄌㄜ}。
xià zhōu qì yóu jiù yào shàng zhǎng le
来週_{らいしゅう}（まもなく）ガソリンの値段_{ねだん}が上_あがります。

六_{ㄌㄧㄡˋ}點_{ㄉㄧㄢˇ}郵_{ㄧㄡˊ}局_{ㄐㄩˊ}就_{ㄐㄧㄡˋ}要_{ㄧㄠˋ}關_{ㄍㄨㄢ}（門_{ㄇㄣˊ}）了_{ㄌㄜ}。
liù diǎn yóu jú jiù yào guān mén le
6 時_じに郵便局_{ゆうびんきょく}は（すぐに）閉_しまります。

8 「不但～，而且…」（～だけでなく、…）　🔊19-7

這西瓜不但甜，而且還很便宜。
zhè xī guā bú dàn tián　ér qiě hái hěn pián yí
このスイカは甘いだけでなく、とても安いです。

今天不但很冷，而且還下雨。
jīn tiān bú dàn hěn lěng　ér qiě hái xià yǔ
今日は寒いだけでなく、雨も降っています。

他不但會說中文，而且還會說台語。
tā bú dàn huì shuō zhōng wén ér qiě hái huì shuō tái yǔ
彼は中国語が話せるだけでなく、台湾語も話せます。

9 「常（常常）～」（よく～する）、「不常～」（あまり～しない）

我常遲到。
wǒ cháng chí dào
私はよく遅刻します。

我不常遲到。
wǒ bù cháng chí dào
私はあまり遅刻しません。

你常常去爬山嗎？
nǐ cháng cháng qù pá shān ma
あなたはよく山に登りますか？

我不常去爬山。
wǒ bù cháng qù pá shān
私はあまり山に登りません。

妳常常騎機車嗎？
nǐ cháng cháng qí jī chē ma
あなたはよくバイクに乗りますか？

我常常騎機車。
wǒ cháng cháng qí jī chē
私はあまりバイクに乗りません。

第20課

學中文
xué zhōng wén
中国語を学ぶ

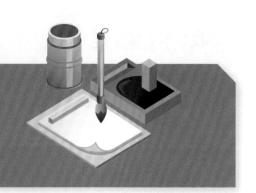

会話

🎧 20-1

妳在哪裡[1]學中文？ nǐ zài nǎ lǐ xué zhōng wén	あなたはどこで中国語を勉強していますか？
我在國小夜間補校學中文。 wǒ zài guó xiǎo yè jiān bǔ xiào xué zhōng wén	小学校の夜間補習学校で中国語を勉強しています。
你學多久了？ nǐ xué duō jiǔ le	どのくらい（の期間）勉強しましたか？
我學兩年多[2]了。 wǒ xué liǎng nián duō le	2年余り勉強しました。
那裡有很多同學嗎？ nà lǐ yǒu hěn duō tóng xué ma	そこにはたくさんのクラスメイトがいますか？
有很多啊！ yǒu hěn duō a	たくさんいますよ！

有日本、越南、印尼、 yǒu rì běn yuè nán yìn ní 泰國等國家 3 的同學。 tài guó děng guó jiā de tóng xué	日本、ベトナム、インドネシア、タイなどの国のクラスメイトがいます。
有好多新住民在 yǒu hǎo duō xīn zhù mín zài 一起學 4 中文。 yì qǐ xué zhōng wén	たくさんの新住民（移民）が一緒に中国語を勉強しています。
學 5 中文很難嗎？ xué zhōng wén hěn nán ma	中国語を学ぶのはとても難しいですか？
聽與說比較難。 tīng yǔ shuō bǐ jiào nán	聞きと話しは比較的難しいです。
讀與寫比較容易。 dú yǔ xiě bǐ jiào róng yì	読みと書きは比較的簡単です。
我現在會 6 說一點點 7 wǒ xiàn zài huì shuō yì diǎn diǎn 台語。 tái yǔ	私は今台湾語が少し話せます。
哇！妳真的好棒喔！ wa nǐ zhēn de hǎo bàng ō	わあ！あなたは本当にすごいですね！

単語

20-2

哪裡 nǎ lǐ	どこ	學 xué	学ぶ、勉強する
中文 zhōng wén	中国語	國小 guó xiǎo	小学校
夜間 yè jiān	夜間	補校 bǔ xiào ＝附設補 fù shè bǔ 習學校 xí xué xiào	付属の補習学校
很多 hěn duō	とても多い	同學 tóng xué	同級生、 同窓生、クラス メイト
越南 yuè nán	ベトナム	印尼 yìn ní	インドネシア
泰國 tài guó	タイ	等 děng	など

國家 guó jiā	国	好多 hǎo duō	とても多い
新住民 xīn zhù mín	新住民（外国籍の配偶者、台湾国籍を取得した元外国人）	一起 yì qǐ	一緒に
很 hěn	とても	難 nán	難しい
聽 tīng	聞く	說 shuō	話す
容易 róng yì	易しい、簡単	讀 dú	読む、勉強する
寫 xiě	書く	一點點 yì diǎn diǎn	少し
台語 tái yǔ	台湾語	哇！ wa	わあ！
好棒 hǎo bàng	とてもすごい		

✳ 関連単語　　　　　　　　　　🎵 20-3

□ 日語 日本語
rì yǔ

□ 越南語 ベトナム語
yuè nán yǔ

□ 印尼語 インドネシア語
yìn ní yǔ

□ 英語 英語
yīng yǔ

□ 上課 授業に出る、授業をする、
shàng kè 授業が始まる

□ 下課 授業が終わる
xià kè

□ 國定假日 国民の休日
guó dìng jià rì

□ 請假 休みを取る
qǐng jià

□ 課本 テキスト
kè běn

□ 筆記本 ノート
bǐ jì běn

□ 鉛筆 鉛筆
qiān bǐ

□ 橡皮擦 消しゴム
xiàng pí cā

文法説明　♪20-4

1 「名詞／代(名)詞＋在＋哪裡？」（〜はどこにある／いる？）と「哪裡＋有＋名詞／代(名)詞？」（どこに〜がある／いる？）

學校在哪裡？

xué xiào zài nǎ lǐ

学校はどこにありますか？（学校の場所を探す）

哪裡有學校？

nǎ lǐ yǒu xué xiào

どこに学校がありますか？（学校の場所が見つからず、疑った態度）

廁所在哪裡？

cè suǒ zài nǎ lǐ

トイレはどこにありますか？（トイレの場所を探す）

哪裡有廁所？

nǎ lǐ yǒu cè suǒ

どこにトイレがありますか？（トイレの場所が見つからず、疑った態度）

老師 在 哪裡？

lǎo shī zài nǎ lǐ

先生はどこにいますか？（先生の居場所を探す）

哪裡 有 老師？

nǎ lǐ yǒu lǎo shī

どこに先生がいますか？（先生の居場所がわからず、疑った態度）

2 「時間単位／数量＋多〜」（〜あまり）

這 一 年 多 我 每 天 工 作。

zhè yì nián duō wǒ měi tiān gōng zuò

この一年あまり私は毎日仕事をしています。（一年を超える）

※ 這 一 年 我 每 天 工 作。

zhè yì nián wǒ měi tiān gōng zuò

この一年私は毎日仕事をしています。（一年）

一 千 多 人 參 加 比 賽。

yì qiān duō rén cān jiā bǐ sài

千人ちょっとの人が試合に参加します。（千人を超える）

※ 一 千 人 參 加 比 賽。

yì qiān rén cān jiā bǐ sài

千人が試合に参加します。（千人）

🎵 20-5

3 「名詞A、名詞B、名詞C 等＋名詞」（A、B、Cなどの〜）

我 會 說 英文、中文、韓文 等 語言。
wǒ huì shuō yīng wén zhōng wén hán wén děng yǔ yán
私は英語、中国語、韓国語などの言葉ができます（話せます）。

今天要去市場買蘋果、蔬菜、牛肉
jīn tiān yào qù shì chǎng mǎi píng guǒ shū cài niú ròu
等東西。
děng dōng xi
今日は市場に行ってりんご、野菜、牛肉など（の物）を買います。

我去過越南、印尼、韓國等國家。
wǒ qù guò yuè nán yìn ní hán guó děng guó jiā
私はベトナム、インドネシア、韓国などの国に行ったことがあります。

251

4 「一起＋動詞＋名詞」（一緒に〜する）

明天早上我們一起去公司。

míng tiān zǎo shàng wǒ men yì qǐ qù gōng sī

明日の朝、私たちは一緒に会社に行きます。

我們一起寫功課。

wǒ men yì qǐ xiě gōng kè

私たちは一緒に宿題をします（書きます）。

可以和我一起吃飯嗎？

kě yǐ hé wǒ yì qǐ chī fàn ma

私と一緒に食事できますか？

🎵 20-6

5 「學 ㄒㄩㄝˊ ～」（～を学ぶ）

學 ㄒㄩㄝˊ 台 ㄊㄞˊ 語 ㄩˇ
xué tái yǔ
台湾語を学ぶ

學 ㄒㄩㄝˊ 唱 ㄔㄤˋ 歌 ㄍㄜ
xué chàng gē
歌を（歌うのを）習う

學 ㄒㄩㄝˊ 跳 ㄊㄧㄠˋ 舞 ㄨˇ
xué tiào wǔ
ダンスを習う

6 「會 ㄏㄨㄟˋ ～」（"習得して"～できる）

會 ㄏㄨㄟˋ 開 ㄎㄞ 車 ㄔㄜ
huì kāi chē
運転できる

會 ㄏㄨㄟˋ 台 ㄊㄞˊ 語 ㄩˇ
huì tái yǔ
台湾語ができる

7 「動詞＋一點點」（少し～する）

毎天 進步 一點點。
měi tiān jìn bù　yì diǎn diǎn
毎日少しずつ進歩する。

請 再 靠近 一點點。
qǐng zài kào jìn　yì diǎn diǎn
もう少し近くに寄ってください。

請 再 買 一點點。
qǐng zài mǎi yì diǎn diǎn
もう少し買ってください。

第<ruby>二<rt>ㄉㄧ</rt></ruby> 21 課<ruby>課<rt>ㄎㄜ</rt></ruby>

市<ruby>ㄕ<rt></rt></ruby>場<ruby>ㄔ<rt>ㄤ</rt></ruby>
shì chǎng
<ruby>市場<rt>いちば</rt></ruby>

会話

🎵 21-1

我<small>ㄨㄛ</small>要<small>ㄧㄠ</small>買<small>ㄇㄞ</small>這<small>ㄓㄜ</small>個<small>ㄍㄜ</small>。 wǒ yào mǎi zhè ge	これを<ruby>買<rt>か</rt></ruby>いたいです。
這<small>ㄓㄜ</small>條<small>ㄊㄧㄠ</small>魚<small>ㄩ</small>新<small>ㄒㄧㄣ</small>不<small>ㄅㄨ</small>新<small>ㄒㄧㄣ</small>鮮<small>ㄒㄧㄢ</small>[1]呢<small>ㄋㄜ</small>？ zhè tiáo yú xīn bù xīn xiān ne	この<ruby>魚<rt>さかな</rt></ruby>は<ruby>新鮮<rt>しんせん</rt></ruby>ですか？
當<small>ㄉㄤ</small>然<small>ㄖㄢ</small>[2]新<small>ㄒㄧㄣ</small>鮮<small>ㄒㄧㄢ</small>啊<small>ㄚ</small>！ dāng rán xīn xiān a	もちろん<ruby>新鮮<rt>しんせん</rt></ruby>ですよ！
這<small>ㄓㄜ</small>個<small>ㄍㄜ</small>怎<small>ㄗㄣ</small>麼<small>ㄇㄜ</small>賣<small>ㄇㄞ</small>[3]？ zhè ge zěn me mài	これはいくらですか（どのように<ruby>売<rt>う</rt></ruby>っていますか）？
一<small>ㄧ</small>斤<small>ㄐㄧㄣ</small>九<small>ㄐㄧㄡ</small>十<small>ㄕ</small>元<small>ㄩㄢ</small>。 yì jīn jiǔ shí yuán	<ruby>一<rt>いっ</rt></ruby><ruby>斤<rt>きん</rt></ruby> <ruby>九十<rt>きゅうじゅう</rt></ruby> <ruby>元<rt>げん</rt></ruby>です。

怎ㄗˇ麼ㄇ˙那ㄋㄚˋ麼ㄇ˙貴ㄍㄨㄟˋ？ zěn me nà me guì	どうしてそんなに高いんですか？
算ㄙㄨㄢˋ⁴便ㄆㄧㄢˊ宜ㄧˊ一ㄧˋ點ㄉㄧㄢˇ好ㄏㄠˇ嗎ㄇㄚ˙？ suàn pián yí yì diǎn hǎo ma	もう少し安く（計算）してくれませんか？
好ㄏㄠˇ！算ㄙㄨㄢˋ你ㄋㄧˇ一ㄧˋ斤ㄐㄧㄣ七ㄑㄧ十ㄕˊ就ㄐㄧㄡˋ好ㄏㄠˇ。 hǎo suàn nǐ yì jīn qī shí jiù hǎo	いいですよ！1斤70元（の計算）でいいですよ。
我ㄨㄛˇ還ㄏㄞˊ要ㄧㄠˋ買ㄇㄞˇ蝦ㄒㄧㄚ子ㄗ˙。 wǒ hái yào mǎi xiā zi	他にも蝦を買いたいです。
幫ㄅㄤ我ㄨㄛˇ秤ㄔㄥˋ一ㄧˊ秤ㄔㄥˋ多ㄉㄨㄛ少ㄕㄠˇ錢ㄑㄧㄢˊ？ bāng wǒ chèng yí chèng duō shǎo qián	いくら（値段）かはかってもらえますか？
總ㄗㄨㄥˇ共ㄍㄨㄥˋ⁵算ㄙㄨㄢˋ你ㄋㄧˇ三ㄙㄢ百ㄅㄞˇ元ㄩㄢˊ就ㄐㄧㄡˋ好ㄏㄠˇ。 zǒng gòng suàn nǐ sān bǎi yuán jiù hǎo	全部で300元（の計算）でいいですよ。

単語

條 tiáo （單位量詞） （dān wèi liàng cí）	本（長いもの を数える量詞 助数詞）	魚 yú	魚 さかな
新鮮 xīn xiān	新鮮 しんせん	當然 dāng rán	もちろん
斤 jīn	斤 きん	那麼 nà me	そんなに、それ では
貴 guì	（値段が）高い ねだん　たか	算 suàn	計算する けいさん
便宜 pián yí	安い やす	就好 jiù hǎo	～でいい
還要 hái yào	他にも欲しい ほか　　ほ	蝦子 xiā zi	蝦 えび
秤 chèng	はかり、はかり ではかる	總共 zǒng gòng	全部で、合計し ぜんぶ　　こうけい て

＊ 関連単語　　　　　　　　　🎵 21-3

□ 雞 にわとり　　　　　　　□ 鴨 アヒル、鴨
　jī　　　　　　　　　　　　　yā

□ 豬肉 豚肉　　　　　　　　□ 牛肉 牛肉
　zhū ròu　　　　　　　　　　niú ròu

□ 絞肉 ひき肉　　　　　　　□ 蔬菜 野菜
　jiǎo ròu　　　　　　　　　　shū cài

□ 高麗菜 キャベツ　　　　　□ 紅蘿蔔 にんじん
　gāo lí cài　　　　　　　　　hóng luó bo

□ 薑 生姜　　　　　　　　　□ 蒜頭 にんにく
　jiāng　　　　　　　　　　　suàn tóu

□ 辣椒 唐辛子　　　　　　　□ 大白菜 はくさい
　là jiāo　　　　　　　　　　dà bái cài

□ 蔥 長ねぎ　　　　　　　　□ 洋蔥 玉ねぎ
　cōng　　　　　　　　　　　yáng cōng

文法説明　　　　　　　　　　　　　　🎵 21-4

1 「形容詞の一つ目の字＋不ㄅㄨ /不ㄅㄨ ＋形容詞？」＝「形容

詞＋嗎ㄇㄚ？」（～ですか？）

形容詞 けいようし	疑問形 ぎもんけい
新ㄒㄧㄣ 鮮ㄒㄧㄢ xīn xiān 新鮮 しんせん	新ㄒㄧㄣ 不ㄅㄨ 新ㄒㄧㄣ 鮮ㄒㄧㄢ ？＝新ㄒㄧㄣ 鮮ㄒㄧㄢ 嗎ㄇㄚ ？ xīn bù xīn xiān 　　　 xīn xiān ma 新鮮ですか？ しんせん
好ㄏㄠˇ 吃ㄔ hǎo chī おいしい	好ㄏㄠˇ 不ㄅㄨ 好ㄏㄠˇ 吃ㄔ ？＝好ㄏㄠˇ 吃ㄔ 嗎ㄇㄚ ？ hǎo bù hǎo chī 　　　 hǎo chī ma おいしいですか？
屬ㄌㄧ 害ㄏㄞ lì hài すごい	屬ㄌㄧ 不ㄅㄨ 屬ㄌㄧ 害ㄏㄞ ？＝屬ㄌㄧ 害ㄏㄞ 嗎ㄇㄚ ？ lì bú lì hài 　　　 lì hài ma すごいですか？
開ㄎㄞ 心ㄒㄧㄣ kāi xīn 楽しい たの	開ㄎㄞ 不ㄅㄨ 開ㄎㄞ 心ㄒㄧㄣ ？＝開ㄎㄞ 心ㄒㄧㄣ 嗎ㄇㄚ ？ kāi bù kāi xīn 　　　 kāi xīn ma 楽しいですか？ たの

2 「當然〜」（もちろん〜）

當然沒問題。
dāng rán méi wèn tí
もちろん問題ないです。

當然不能違法。
dāng rán bù néng wéi fǎ
もちろん違法はできません。

當然可以啊。
dāng rán kě yǐ a
もちろんできますよ。

3 「怎麼＋動詞？」（どのように〜するか？）

這個怎麼用？
zhè ge zěn me yòng
これはどうやって使いますか？

電話怎麼撥？
diàn huà zěn me bō
電話はどうやってかけますか？

4 「算～」（～計算する）　🎧 21-5

算快一點。
suàn kuài yì diǎn
少し速く計算する。

算太貴了。
suàn tài guì le
勘定が高すぎた（高く計算し過ぎた）。

5 「總共（有）～」＝「一共（有）～」（全部で～）

總共有幾個房間？＝一共有幾個房間？
zǒng gòng yǒu jǐ ge fáng jiān　　yí gòng yǒu jǐ ge fáng jiān
全部で何部屋ありますか？

總共有五位。＝一共有五位。
zǒng gòng yǒu wǔ wèi　　yí gòng yǒu wǔ wèi
全員で5人います。

總共多少錢？＝一共多少錢？
zǒng gòng duō shǎo qián　　yí gòng duō shǎo qián
全部でいくらですか？

第22課

點飲料
diǎn yǐn liào
飲み物を注文する

会話 🎧 22-1

歡迎光臨。 huān yíng guāng lín	いらっしゃいませ。
你要點什麼飲料[1]？ nǐ yào diǎn shén me yǐn liào	何（飲み物）を注文しますか？
我要一杯冰的珍珠奶 wǒ yào yì bēi bīng de zhēn zhū nǎi 茶和一杯熱的拿鐵。 chá hé yì bēi rè de ná tiě	冷たいタピオカミルクティーを1杯とホットラテを1杯ください（欲しいです）。
珍珠奶茶要 zhēn zhū nǎi chá yào 半糖去冰[2]。 bàn táng qù bīng 	タピオカミルクティーは 砂糖半分、氷抜きで。

拿鐵要無糖。 ná tiě yào wú táng 	ラテは無糖で。
要中杯還是大杯？ yào zhōng bēi hái shì dà bēi	Mサイズ（カップ）にしますか、それともLサイズ（カップ）にしますか？
都要大杯。 dōu yào dà bēi	いずれもLサイズで。
大杯拿鐵第二杯半價。 dà bēi ná tiě dì èr bēi bàn jià	Lサイズのラテは2杯目は半額です。
大杯拿鐵我還要再一杯 4。 dà bēi ná tiě wǒ hái yào zài yì bēi	Lサイズのラテをもう1杯ください。
還有需要什麼？ hái yǒu xū yào shén me	他に必要なものはありますか？

再一個草莓蛋糕[5]。 zài yí ge cǎo méi dàn gāo	もう1つ、イチゴケーキ。
這樣多少錢？ zhè yàng duō shǎo qián	これでいくらになりますか？
你有會員卡嗎？ nǐ yǒu huì yuán kǎ ma	会員カードはありますか？
沒有。 méi yǒu	ありません。
總共兩百三十元。 zǒng gòng liǎng bǎi sān shí yuán	合計230元です。
要刷卡還是付現金[6]？ yào shuā kǎ hái shì fù xiàn jīn	クレジットカードで支払いますか、それとも現金で支払いますか？
我要付現金。 wǒ yào fù xiàn jīn	現金で支払います。
找您二十元，謝謝。 zhǎo nín èr shí yuán xiè xie	20元のおつりです。ありがとうございました。

単語

22-2

點 diǎn	注文する	飲料 yǐn liào	飲み物、飲料
冰 bīng	氷、冷たい、 アイス	珍珠奶茶 zhēn zhū nǎi chá	タピオカミルクティー
拿鐵 ná tiě	ラテ	熱 rè	熱い、ホット
去冰 qù bīng	氷抜き	半糖 bàn táng	砂糖半分
中杯 zhōng bēi	Mサイズ（カップ）	無糖 wú táng	無糖
都要 dōu yào	いずれも欲しい	大杯 dà bēi	Lサイズ（カップ）
半價 bàn jià	半額	第二杯 dì èr bēi	2杯目
蛋糕 dàn gāo	ケーキ	草莓 cǎo méi	いちご
刷卡 shuā kǎ	カードで支払う	會員卡 huì yuán kǎ	会員カード
現金 xiàn jīn	現金		

✳ 関連単語　　　　　　　　　　　🎵 22-3

☐ 溫ㄨㄣ 温かい
wēn

☐ 少ㄕㄠˇ冰ㄅㄥ 氷少なめ
shǎo bīng

☐ 小ㄒㄧㄠˇ杯ㄅㄟ Sサイズ（カップ）
xiǎo bēi

☐ 紅ㄏㄨㄥˊ茶ㄔㄚˊ 紅茶
hóng chá

☐ 綠ㄌㄩˋ茶ㄔㄚˊ 緑茶
lǜ chá

☐ 烏ㄨ龍ㄌㄨㄥˊ茶ㄔㄚˊ ウーロン茶
wū lóng chá

☐ 黑ㄏㄟ咖ㄎㄚ啡ㄈㄟ ブラックコーヒー
hēi kā fēi

☐ 巧ㄑㄧㄠˇ克ㄎㄜˋ力ㄌㄧˋ チョコレート
qiǎo kè lì

☐ 悠ㄧㄡ遊ㄧㄡˊ卡ㄎㄚˇ 悠遊カード、
yōu yóu kǎ　イージーカード（交通系 IC カード）

☐ 外ㄨㄞˋ帶ㄉㄞˋ テイクアウト、持ち帰り
wài dài

☐ 內ㄋㄟˋ用ㄩㄥˋ イートイン、店内で食べる
nèi yòng

🔊 22-4

文法説明

1 「點_{ㄉㄧㄢˇ}＋食べ物／飲み物」（〜を注文する）

我_{ㄨㄛˇ}要_{ㄧㄠˋ}點_{ㄉㄧㄢˇ}豬_{ㄓㄨ}排_{ㄆㄞˊ}套_{ㄊㄠˋ}餐_{ㄘㄢ}。

wǒ yào diǎn zhū pái tào cān

私はとんかつセットを注文します。

我_{ㄨㄛˇ}要_{ㄧㄠˋ}點_{ㄉㄧㄢˇ}一_ㄧ杯_{ㄅㄟ}黑_{ㄏㄟ}咖_{ㄎㄚ}啡_{ㄈㄟ}。

wǒ yào diǎn yì bēi hēi kā fēi

私は1杯のブラックコーヒーを注文します。

2 飲み物の甘さと氷の量「～糖ㄊㄤ…冰ㄅㄥ」（砂糖の量～、氷の量…）

砂糖の量
正ㄓㄥ常ㄔㄤ糖ㄊㄤ（100%） zhèng cháng táng
少ㄕ糖ㄊㄤ（80%） shǎo táng
半ㄅㄢ糖ㄊㄤ（50%） bàn táng
微ㄨㄟ糖ㄊㄤ（30%） wéi táng
無ㄨ糖ㄊㄤ（0%） wú táng

氷の量
正ㄓㄥ常ㄔㄤ冰ㄅㄥ（100%） zhèng cháng bīng
少ㄕ冰ㄅㄥ（80%） shǎo bīng
微ㄨㄟ冰ㄅㄥ（30%） wéi bīng
去ㄑㄩ冰ㄅㄥ（0%） qù bīng

半ㄅㄢ糖ㄊㄤ正ㄓㄥ常ㄔㄤ冰ㄅㄥ
bàn táng zhèng cháng bīng
砂糖半分、通常の氷の量

正ㄓㄥ常ㄔㄤ糖ㄊㄤ少ㄕ冰ㄅㄥ
zhèng cháng táng shǎo bīng
通常の砂糖の量、氷少なめ

無ㄨ糖ㄊㄤ去ㄑㄩ冰ㄅㄥ
wú táng qù bīng
無糖、氷なし

糖ㄊㄤ、冰ㄅㄥ（塊ㄎㄨㄞ）都ㄉㄡ正ㄓㄥ常ㄔㄤ
táng bīng (kuài) dōu zhèng cháng
砂糖も氷も通常の量

3 飲み物の甘さと氷の量

A + B + C + D

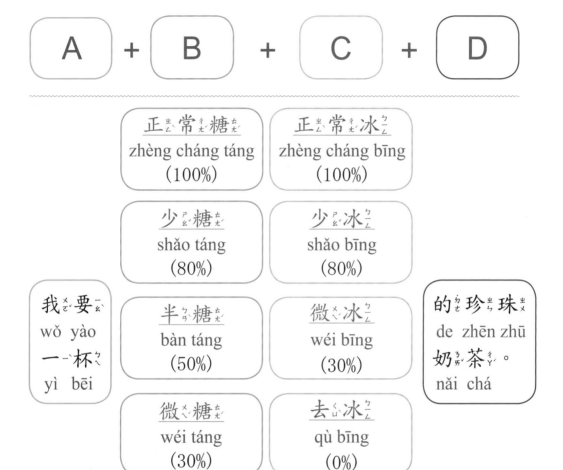

正常糖
zhèng cháng táng
（100%）

正常冰
zhèng cháng bīng
（100%）

少糖
shǎo táng
（80%）

少冰
shǎo bīng
（80%）

我要
wǒ yào
一杯
yì bēi

半糖
bàn táng
（50%）

微冰
wéi bīng
（30%）

的珍珠
de zhēn zhū
奶茶。
nǎi chá

微糖
wéi táng
（30%）

去冰
qù bīng
（0%）

無糖
wú táng
（0%）

溫
wēn
（温かい）

私は一杯の（甘さ）、（氷の量）のタピオカミルクティーが欲しいです。

4 「再（ㄗㄞ）＋数詞＋量詞」（もう～、さらに～）

🎧 22-5

再（ㄗㄞ）一（一）杯（ㄅㄟ）
zài　yì　bēi
もう一杯（コーヒーなどコップに入っているもの）

再（ㄗㄞ）一（一）碗（ㄨㄢ）
zài　yì　wǎn
もう一杯（スープなどお碗に入っているもの）

再（ㄗㄞ）一（一）次（ㄘ）
zài　yí　cì
もう一度

5 「名詞＋蛋（ㄉㄢ）糕（ㄍㄠ）」（～ケーキ）

巧（ㄑㄠ）克（ㄎㄜ）力（ㄌㄧ）蛋（ㄉㄢ）糕（ㄍㄠ）
qiǎo kè lì dàn gāo
チョコレートケーキ

芋（ㄩ）頭（ㄊㄡ）蛋（ㄉㄢ）糕（ㄍㄠ）
yù tóu dàn gāo
タロイモケーキ

咖（ㄎㄚ）啡（ㄈㄟ）蛋（ㄉㄢ）糕（ㄍㄠ）
kā fēi dàn gāo
コーヒーケーキ

生（ㄕㄥ）日（ㄖ）蛋（ㄉㄢ）糕（ㄍㄠ）
shēng rì dàn gāo
バースデーケーキ

6 「要～還是…」（～それとも…が欲しいか？）

你要咖啡還是奶茶？

nǐ yào kā fēi hái shì nǎi chá

コーヒーにしますか、それともミルクティーにしますか？

你要冰的還是熱的？

nǐ yào bīng de hái shì rè de

アイスにしますか、それともホットにしますか？

你要甜的還是鹹的？

nǐ yào tián de hái shì xián de

甘いのにしますか、それともからいの（塩味）にしますか？

你要刷卡還是付現金？

nǐ yào shuā kǎ hái shì fù xiàn jīn

クレジットカードで支払いますか、それとも現金で支払いますか？

國家圖書館出版品預行編目(CIP)資料

日本人輕鬆學中文 / 小原 由里子／辻 勝明／岡本 愛 合著. -- 初版. --

新北市：智寬文化, 2020.05

面 ； 公分. --（外語學習系列 ； A021）

ISBN 978-986-99111-0-8(平裝)

1.漢語 2.讀本

802.86   109006284

外語學習系列 A021

日本人輕鬆學中文（附QR Code線上音檔）

2022年2月　初版第2刷

MP3 音声はこちらから
ダウンロードできます。

編著者	小原 由里子／辻 勝明／岡本 愛
日語錄音	小原 由里子
國語錄音	常青（資深華語教師）
出版者	智寬文化事業有限公司
地址	23558新北市中和區中山路二段409號5樓
E-mail	john620220@hotmail.com
電話	02-77312238・02-82215078
傳真	02-82215075
印刷者	永光彩色印刷股份有限公司
總經銷	紅螞蟻圖書有限公司
地址	台北市內湖區舊宗路二段121巷19號
電話	02-27953656
傳真	02-27954100
定價	新台幣400元
郵政劃撥・戶名	50173486・智寬文化事業有限公司